A FALTA

XICO SÁ
A FALTA

Copyright © Xico Sá, 2022
Copyright © Editora Planeta do Brasil, 2022
Todos os direitos reservados.

Preparação: Marina Castro
Revisão: Fernanda Guerriero Antunes e Laura Folgueira
Projeto gráfico: Jussara Fino
Diagramação: Márcia Matos
Capa: Adaptada do projeto gráfico original de Compañía
Ilustração de capa: Paula Cruz

Dados Internacionais de Catalogação na Publicação (CIP)
Angélica Ilacqua CRB-8/7057

Sá, Xico
    A falta / Xico Sá. - São Paulo: Planeta do Brasil, 2022.
    160 p.

ISBN 978-65-5535-734-9

1. Ficção brasileira I. Título

22-1637   CDD B869.3

Índice para catálogo sistemático:
1. Ficção brasileira

 Ao escolher este livro, você está apoiando o manejo responsável das florestas do mundo

2022
Todos os direitos desta edição reservados à
EDITORA PLANETA DO BRASIL LTDA.
Rua Bela Cintra, 986 – 4º andar
Consolação – 01415-002 – São Paulo-SP
www.planetadelivros.com.br
faleconosco@editoraplaneta.com.br

É absolutamente necessário
que o abismo responda de uma vez
Porque o tempo está ficando curto.
Nicanor Parra

Naquele tempo havia um deprimido debaixo dos paus e dez eufóricos a mandar brasa e, disso, eu gostava.
António Lobo Antunes

Sumário

11 PRIMEIRO TEMPO - HEMISFÉRIO NORTE
93 SEGUNDO TEMPO - HEMISFÉRIO SUL

PRIMEIRO TEMPO
HEMISFÉRIO NORTE

1º minuto

O apito do juiz desperta um sonâmbulo meio do mundo. A coruja mocho-diabo voa do ângulo esquerdo da trave. A sensação é de que fiquei no subsolo, não subi ao campo.

Respire, nunca lhe pedi nada, insisto – constrangedoramente. Talvez sua mulher ainda não tenha desaparecido, foi ilusão de ótica, culpe apenas o sol, ela não ultrapassou os arrecifes, tampouco foi devorada pelos tubarões.

Ignore também o delírio materno, ela jamais revelaria quem é o seu pai – o real – a esta altura, quatro décadas depois do seu nascimento. Isso não cabe nem mesmo em um pesadelo roteirizado por um fatalista. Desconsidere o terror, é só brincadeirinha da mamãe, *nana, neném, que a cuca vem pegar...*

Pai desconhecido, vale o que está na sua certidão de cartório, se apegue somente aos fatos, documento é documento, meu chapa. Deixe tudo fora do jogo, você sempre foi mestre nessa arte. Isso, respire, tente ao menos dar alguma dignidade a este fim de carreira, é como se fosse a sua primeira morte, é preciso alguma cerimônia.

Há o que contar, mantenha a calma, repare quantas páginas de glória, compreenda a caminhada, há quem levante um brinde, neste exato instante, em alguma taberna de Portugal ou da Espanha, à simples menção do seu nome. Você faz parte.

"Mares convulsos, ressacas estranhas..." Mande aquela do Xutos & Pontapés. Isso, cante uma do Camarón de la Isla, você amava o disco *La Leyenda del Tiempo*.

O campo até parece da época em que os esquimós jogavam futebol, trinta quilômetros entre um gol e outro, uma vastidão na floresta. O que não falta, porém, é oxigênio no ambiente; respire, aqui você rasga com a napa os alvéolos do tal pulmão do mundo. Basta que dê um passo adiante.

Todo pânico é ficção, *fuerza, hombre*, se defenda dos maus pensamentos, talvez um anjo esteja a caminho da latitude zero, ponha-se místico, hipoteque o que restou da alma, prometa entregá-la a algum demo ou divindade.

Pise na relva sem se preocupar em deixar rastros.

2º minuto

Piada! Minha mãe me inventou um pai aos quarenta de vida.
    Jamais usei tal ausência paterna como desculpa para coisa alguma, nem mesmo construí uma imagem fantasiosa do sujeito. Dane-se, pouco importa quem tenha sido. Só pode ser uma troça.
    Não caio no conto, isso é coisa de programa dominical de televisão. Você lá feito um panaca, sob hipnose do apresentador picareta, aí entra um covarde que o abandonou e você o abraça em um vale de lágrimas. Não me faça de palhaço de auditório, santa Deolinda.
    Pelo menos o pai que minha mãe me apresenta deixou de fumar e beber vodca há muito tempo. Um pai morto não dá tanto trabalho assim, não exige um dramalhão televisivo.
    A ideia é ignorar por completo o defunto. Nem sequer o levarei ao divã do doutor Fontanarrosa. Tenho grilos mais gordos e barulhentos para cuidar nessa hora. Esquece.
    Conta outra, mãe, o que deu nessa cabeça? Uma vida inteira de silêncio e agora me sai com um pai do outro mundo. Prefiro o pai desconhecido do registro de nascimento. É um substantivo próprio e mais confiável do que um morto congelado em uma terra distante.

Dona Deolinda foi longe demais na saga. Mais precisamente, ao cemitério Vagankovskoye, em Moscou. O túmulo do sujeito é um dos mais procurados, sobram visitantes, sobram flores e sobram homenagens. Não será o meu pobre arranjo tropical de bem-me-quer que lhe fará falta.

Que fique por lá mesmo esse pai póstumo, não me venha com assombrações noturnas. Tenho cisma com as coisas sobrenaturais – nunca fui a um velório exatamente para evitar visitas inoportunas. Um fantasma paterno é tudo que não mereço. O fantasma da Cortina de Ferro. O fantasma que veio do frio. Vade-retro.

3º minuto

A Sevilhana levou nosso filho.
Nada me disse.
Sabia que ela estava grávida, uma gravidez pensada, não se pode atribuí-la ao descuido. Havia dito, ainda na Espanha, que desejava ser mãe no Brasil. Algo sibilado em passagem de uma conversa para outra, enquanto abria a segunda garrafa do vinho das quintas-feiras. Nada solene. Nada que precisasse olhar no olho.
Juro que ouvi. Não foi apenas a minha vontade que falou por ela, tampouco foi o vento.
Quero engravidar no mais estranho dos países, teria dito, juntando os farelos de pão sobre a toalha. Daí mudou de assunto, sem nem dar uma chance sequer ao meu espanto.
Apenas pensei: Desde que não se torne goleiro ou goleira, tudo certo. Tudo, menos essa sina. Seria uma desagradável surpresa saber um dia, pelos jornais, que o herdeiro havia sido castigado com o mesmo infortúnio. Pode até ingressar no futebol; não nessa posição. É o mínimo que rogo aos céus.
[...]

O abafadiço reforça a vertigem, desnorteio. Preciso de um pensamento atrás do outro para me distinguir, minimamente, dos bichos desossados nesta estufa tropical.

Se ainda é um homem, prove a si mesmo, com duas ou três coisas que façam sentido. Enfileire sujeito, verbo e dignidade.

Reaja, doente.

Pense que está no meio do mundo, a poucos metros da linha que divide os dois hemisférios, e que hoje, com o equinócio de outono, o dia terá a mesma duração da noite, por mais que a noite, espichada por insônias, seja a sua ideia de eternidade nas últimas semanas.

Dezesseis horas e três minutos, trinta e cinco graus, parte de cima do Equador, março de 2005. O sol risca a linha imaginária dividindo a Terra ao meio. Tento me equilibrar na latitude zero.

Tem alguém aí? Cadê o homem que habitava esta carcaça?

4º minuto

Não se morre de amor nos trópicos, Ela dizia, é tanta luminosidade, as cores estouram nas retinas, em fractais, o amor aqui no máximo leva à cegueira. Além do mais, é tudo tão barulhento, uma vida buzinada, uma vida aos berros, ninguém fala em volume moderado, malditos pregoeiros, paredões de caixas de som, música alta, uma aparelhagem a cada esquina...

O cheiro de alho e cebola incensa todo o edifício – o Brasil é um país que refoga –; os cheiros também alcançam o último volume, refoga-se a alma, e a brisa morna (sabor churrasquinho de gato) se espalha pela cidade inteira.

Não há sossego para que uma criatura possa morrer de amor nos trópicos.

Mira aquela gente lá embaixo, começou o Carnaval, Ela dizia, mesmo quando não havia ainda uma vivalma na margem esquerda do Capibaribe. O desamparo aqui, mesmo quando verdadeiro, vira uma canção que faz broma da própria dor, música brega, dor de corno.

Pode ser uma virtude, Ela fingia valorizar. Mas levarei um tempo para o entendimento mínimo, acalmava-se. Não se morre de amor nos trópicos, não consigo imaginar um só Jovem

Werther nestas plagas – teria a sua casa invadida por La Ursa, blocos de sujos, seria sacudido pelos metais do frevo. Morre-se de tudo, menos de moléstias amorosas, morre-se de amarelidão, peste, virose, bubônica, febre do rato, dengue, zika. Um mosquito tropical tem mais poder que uma saga-amorosa--europeia-em-tempos-de-guerra.

Ela amava discorrer sobre o tema da impossibilidade da morte amorosa neste país. Talvez sentisse falta da original tristeza sevilhana ou ainda não soubesse decifrar a melancolia da terra radiosa.

Não se morre de amor nos trópicos, Ela cruzava comigo no corredor da casa, com a sua labirintite matinal. Quando pronunciava a frase, os olhos pareciam dançar flamenco. Ela mudava o tom. Não se morre de amor nos trópicos, agora mais rascante, como os derradeiros acordes de uma cigarra. E arrancava os tacos da sala no sapateado.

5º minuto

O tempo que passa não passa depressa, o que passa depressa é o tempo que passou. O relógio marrrrca: decorridos cinco minutos do primeiro tempo. Esta é a sua rádio Mauritsstadt, transmitindo diretamente do meio do mundo, estádio Zerão, por aqui tudo às brancas nuvens, ninguém deu trabalho ao garoto do placar, Trem Desportivo Clube, zero, zero também para o Clube Náutico Capibaribe. Tudo zerado no Zerão. Bola com o goleiro Yuri Cantagalo, o internacional Cantagalo, ele ajeita a pelota para bater o tiro de meta, bico na redonda, chega ao hemisfério sul, Davi amacia a esfera no peito, desce no gramado, dribla um, passa pra Danilo, epa, epa, chegou pesado o Max Jari, um autêntico Mad Max amazônico. Que rasteira, amigos... Levanta-te e volta ao jogo, Davi, ele mesmo bate a falta, que lançamento!, Paulo Matos escapa pela esquerda, afunila, desfralda a bandeirinha de escanteio, leva o lateral no papo e na brisa, manda na área, vai sair o gol do Timbu, minha Nossa Senhora dos Aflitos, epa, epa, epa, pênalti, pênalti – para o mundo que eu quero descer, se isso não for pênalti, tudo doravante será permitido. E não é que o infeliz das costas ocas, o belzebu, o alma sebosa ignorou a penalidade?! Selvagem, muito selvagem esse juiz... Mas tem escanteio para o Náutico, capricha, Ademar, alguém em casa reza por ti lá no Recife, concentra, faz como te ensinei, faz chover que eu acredito, é agora, vem comigo que eu quero gritar gol contigo... Espana pra lua o zagueiro do Trem, quase-quase a equipe alvirrubra inaugura o placar. Tiro de meta para o arqueiro do time local...

6º minuto

Assim como a bola chega a um goleiro, uma pessoa entra na vida de outra. Você nunca sabe como ela vem e que intenções carrega.

Por mais que pareça fácil o encaixe, aquela fração de segundo pode representar um revés que o seguirá por uma existência. Bem mais que um aparente golpe de vista.

É o acaso ou o absurdo? Prefiro acreditar no acaso. Mais no acaso do que no absurdo, embora um teime em se passar pelo outro em alguns momentos. As pessoas nos chegam por uma dobra do acaso e nos deixam pela janela do absurdo.

A bola vem com efeito, muda de rumo, atraiçoa até mesmo o homem mais experiente no ofício.

[...]

A pelota quica em um montinho, um formigueiro, uma irregularidade no campo, e quase me castiga, pego no susto.

Sufoco inicial do time vermelho e negro da selva. Bolas aéreas cruzadas na velocidade de videogame. Subo e me viro como posso, esmurro o vento e desço.

Na linha imaginária do Equador, talvez tudo seja mais surpreendente. A trajetória da bola, as aves, os bichos.

Aterrisso em câmera lenta, com a pelota grudada no peito. A sensação é de ter vagado por dias e noites no espaço sideral.

As mãos, porém, parecem tomadas por formigas tocandiras em um rito de passagem do povo Sateré-mawé – o momento em que o menino vira homem. Luvas de tocandiras. Sinto que as picadas provocam alucinações.

O formigueiro sai das luvas e habita todo o corpo, faz turismo nos países baixos, encobre o branco do olho, desce em fila até a caixa torácica e ali faz morada como se o coração não passasse de um cupim em fim de festa.

7º minuto

Meu pai me joga para o alto e ampara em um abraço forte. Repete a brincadeira dezenas de vezes.

Esse sonho, ainda na infância, me acompanhou por muito tempo. Era o único momento em que eu sentia falta de uma figura paterna e invejava os Macabeus, nossos vizinhos mimados pelo pai caminhoneiro no morro.

Via nesse ato a única vantagem de ser criança. Ser jogado para cima e descer confiante de que não cairia jamais.

Não enxergava as feições do pai nos sonhos, era um rosto borrado, feio como meus desenhos de lápis de cera.

Ele me joga, quase toco as telhas de barro com cheiro de chuva, o relâmpago ilumina seu rosto, na descida tento ver direito os seus traços, as rugas, os vincos, as sobrancelhas sapecadas pelo sol carioca.

Conforme crescia, a face daquele homem se tornava cada vez mais irreconhecível, até sumir de vez dos sonhos.

Um homem sem rosto me joga para o alto e eu me espatifo no chão da casa. O chão de cimento vermelho, enceradíssimo, sempre brilhando, um espelho para a queda.

8º minuto

Minha mulher foi embora ontem. Ou terá sido na incandescência do verão passado?

O desamparo move as maquinações mentais.

"Nada de novo sob o sol dos aflitos", parece crocitar a coruja mocho-diabo, ainda nos arredores do campo.

A partida segue, não consigo inteirar corretamente o pensamento, a terra se move, o vira-lata preto e branco de costelas à mostra caminha no primeiro lance de arquibancadas e fareja a fumaça do homem de colete laranja que assa os espetinhos de carne, o gandula sentado em cima da bola vê o mundo tal qual um cacique (talvez um pajé) de um povo extinto que antevê o jogo e sabe que o atacante perderá mais uma chance – a bola será isolada no meio da Amazônia.

Hei de recuperar a sanidade mínima, preciso me impor em campo, espezinho os monstros que rondam a pequena área e tento catar a lucidez de volta.

Minha mulher, a Sevilhana, foi embora...

Isso, retome a linha do raciocínio, a memória recente, refaça o pesadelo, quadro a quadro, volte o filme, eis a melhor forma de lidar com os acontecimentos, por mais absurdos que lhe pareçam.

Você está em campo, no ofício de sempre, guarda a meta do seu clube e a ideia de um fim de carreira com alguma dignidade. É só mais um jogo, daqui a oitenta e dois minutos você estará com a cabeça no chuveiro, amanhã cedo atravessará a selva de volta para casa. Do avião tudo será bonito aqui embaixo.

Desligue as elucubrações, mire a bola que vem com efeito, rasteira, envenenada por cobras surucucus.

Aguente firme, a primeira vida está chegando ao fim. Pode ser um alívio. "O jogador de futebol morre duas vezes. A primeira, quando para de jogar."[1] Você sempre amou essa frase, se você pudesse a picharia na fachada de todos os estádios, de Moça Bonita ao Santiago Bernabéu, na Luz, na Baixada Melancólica, nos Aflitos...

Acorda, o dia de pendurar as luvas se aproxima, segura, esquece mãe e mulher, restam só mais algumas partidas, os capítulos finais da saga.

---

1. Frase atribuída ao ex-jogador Paulo Roberto Falcão, que passou por Internacional, São Paulo, Roma e Seleção Brasileira.

9º minuto

Você morre de medo da segunda vida, com sua habilidade zero para a mais simples atividade que não seja o futebol. Vá, confesse.

Nada o aguardará depois que o juiz der por encerrado o último jogo, a partida festiva de adeus. Os dias de glória começarão a desbotar nos arquivos de revistas e jornais. Você vai sentir nostalgia das partidas mais entediantes e até das falhas que valeram anedotas dos comentaristas.

O alcoolismo é um clássico entre os ex-atletas, você testemunhou e sabe de dezenas de ex-colegas que sucumbiram. Muitas vezes em uma combinação mais pesada: álcool, cocaína, viagens ao fim da noite, a sarjeta e um obituário de pé de página. Você treme de pavor, não esconda. Você se acha vocacionado para os abismos.

Nada o esperará depois do apito final do árbitro. O medo procede. O dia seguinte será um jogo em branco. O vazio extraordinário. Talvez você não consiga lidar bem com isso; tenho certeza, você não leva jeito nem tampouco saberá o que fazer com os primeiros dias, páginas de papel almaço a serem preenchidas, como os trabalhos escolares iniciais. Talvez você tenha febre, vomite, veja bichos nas paredes e no teto.

E, nesse imenso vazio, a Sevilhana voltará como sombra, uma sombra que o perseguirá para sempre. É impossível se livrar de uma sombra desse porte sob o sol dos trópicos.

A sombra lembrará, mesmo nos dias mais nublados, que você perdeu a mulher que o fez mais vivo. Pouco importa se a perdeu para os tubarões da praia de Piedade ou para outros homens, como você delirou no primeiro momento.

Ela desapareceu. Ponto.

Não é uma falta que se preencha com álcool e canções tristes. Nem adianta cantar "Wild World", a sua preferida do Cat Stevens, debaixo dessas traves. É um mundo bem mais bruto. Sua dependência corria e corre nas veias. Até a sua volta para o Brasil foi pensada por Ela, você não era mais decisivo nem para o futebol nem para si mesmo. A Sevilhana se agigantou nessa hora e o pôs na palma da mão, atravessado entre as linhas da cabeça e da vida, em uma encruzilhada difícil de se explicar na quiromancia mais rasa.

10º minuto

A prova de que no futuro não existirão viagens no tempo é que não estamos sendo visitados pelos viajantes do futuro. O relógio marrrrca: decorridos dez, eu disse dez minutos da primeira etapa em Macapá, meio do mundo, Brasil, aqui ninguém mexeu com ninguém, zero a zero... Carrega a bola Everton Luiz pela margem direita do gramado, passa para Jorge Fellipe, ele ajeita, lança Kieza, se livra do chega-pra-lá de Remerson, manda pro gol, meu Deus, a pelota vai lá na Ilha de Marajó, que balão foi esse, que desperdício... Fala da pista, Vera Dubeux... É o primeiro tiro do atacante na partida, meus amigos, pegou sem giz no taco, o goleiro do Trem até riu da presepada, segue zero a zero, eu volto com você, Walter Wanderley, o nosso Dáblio Dáblio... Valeu, Verinha, vamos juntos nos oitocentos e cinquenta quilohertz, ondas médias da sua rádio Mauritsstadt, mata no peito Jean Marabaixo, desce na cancha, serve de bandeja Renan, vai marcar, dribla mais um, enfeita a jogada, sai do gol para abafar o goleirão Yuri Cantagalo... Aí na pequena área é dele e ninguém tasca, ligadaço o *goalkeeper* alvirrubro, é assim que se faz, meu garoto. Tristeza, depressão, desnorteio, falta de ânimo para celebrar a vida, fastio com a existência? Tome Frevotril, um composto natural que leva embora a náusea, a leseira, a fadiga, o banzo e a angústia.

11º minuto

"Andaluzia, *adiós*", Ela soltou um berro no meio da noite.

E assim estaria revirada a minha vida.

Antes de a Sevilhana decidir o nosso destino, o Brasil, na minha cabeça, era apenas uma ideia melancólica do outro lado do Atlântico.

Ela escolheu uma terra que não me despertava os melhores sentimentos. Morria de medo desse possível retorno. Nem minha mãe, única pessoa da família, justificaria essa volta.

Tento rever meus laços com este país – bem difícil –, para tornar as coisas menos desconfortáveis. Quando escuto aquela do Nelson Cavaquinho, a mesma que assobiava debaixo do gol no início de carreira, algum fio é religado, mas ainda em curto--circuito, faíscas de gambiarra.

"Tire o seu sorriso do caminho/ Que eu quero passar com a minha dor."

Talvez pareça esnobe essa falta de afeto. Tente a maresia de Copacabana, você delirava com esse cheiro durante as peladas crepusculares no Posto 4. Suba de novo o Cantagalo, beco a beco, no rumo das pipas, mas suba ao sol, lembre-se de que à noite algumas pedras gigantes dos arredores lhe chegavam como monstros, você segurava firme na barra da saia da mãe até que a assombração serenasse na vista.

Não é possível que não exista algo. Lembra-se do seu encontro com o Paulinho da Viola? Era um programa de TV do Rodrigo Rodrigues, sobre futebol e música, você estava de passagem no Vasco da Gama, e ocorrências extraordinárias o levaram à posição de titular. O primeiro goleiro se machucou, o segundo goleiro sofreu um acidente de automóvel, o terceiro goleiro foi expulso com sete minutos do clássico contra o Flamengo. Sobrou para o menino dos juvenis. Até pênalti você pegou naquele um a zero que deu ao time o título estadual em um tempo em que o certame da província valia por dez Mundiais de Clubes. Foi Exu Tranca Rua das Almas pela força de Ogum, disse sua mãe, pelo menos isso você nunca esqueceu.

Na segunda-feira à noite, você estava diante de Paulinho da Viola, o cara ainda comovido com o triunfo do Gigante da Colina. Você não conseguiu dizer uma frase completa, porém balbuciou uns dois versos: "Não sou eu quem me navega,/ quem me navega é o mar".

12º minuto

O torpor da selva não me permite um balanço ou um acerto de contas, apenas essa confusão mental que não sei para onde levará meu juízo.

Da meia-lua à linha do gol, tudo vira um pântano de onde emergem assombrações. A rede da trave é uma teia de aranha em forma de véu de noiva. Besouros de chifres e serra-paus sobrevoam a pequena área, o inferno é verde, invertebrado e gosmento.

Da pequena área vejo o pântano se alastrar por todo o campo em segundos. Febril, arregalo os olhos para recuperar o cenário da partida. A bola está com o goleiro no outro hemisfério. Sereno, com indumentária coloridíssima desenhada por um Picasso amazônico, ele bate lentamente a bola no solo, parece um homem sem agonias ou causas de urgência, um caboclo simples tomado pelo espírito esportivo. Ele é o próprio jogo, a regra, a essência, o *fair play*. Como o invejo.

O tempo paaaassa, berra o narrador do rádio, o tempo escapa, mas também penetra nas luvas de um arqueiro como formigas na pele. O tempo incha o corpo e a mente. Debaixo do gol, sequestrado pelo relógio, o tique-taque é um galo desafinado, o galo bíblico que fez o apóstolo Pedro negar três vezes o nome do seu mestre.

O narrador leva minha cronofobia às alturas. O relógio marrrca... A boca seca e os tremores se apossam de todo o corpo. Cada minuto é um juízo final.

[...]

Petardo do camisa 10. O travessão estremece, parece que a terra range e se parte em bandas.

O que seria tomar um gol diante da inconveniência de estar vivo?

13º minuto

Assim como uma bola traiçoeira chega a um goleiro, uma pessoa entra na vida de outra, dizia um camarada argelino.
    Antes, muito antes, de esta partida começar, eu tentava, em vão, assumir o luto. Mesmo em tempos de goleiros de uniformes coloridos e fosforescentes, desde o meu primeiro encontro com a Sevilhana só atuo de preto, tal qual o Aranha Negra.
    Nosso olhar se cruzou pela primeira vez sob batidas coincidentes dos sinos de todas as igrejas de Sevilha. Naquele momento em que os sinos dobram da forma mais triste, a hora do Ângelus.
    Não. Não, por favor, não valide premonições. Agora fica fácil apanhar sinais místicos para justificar qualquer tese e aliviar o seu lado. Seja homem, não caia na teia mística. Assuma o luto, reveja, em câmera lenta, replay, as falhas fatais. É o melhor a ser feito. Não tergiverse, não se acovarde, não trave, não ria de nervoso. Reconheça a doença. Ninguém desaparece do nada. Reconheça a doença mesmo que ela ainda não tenha estourado feridas ou alergias na pele.
    Você perdeu. Você anda perdendo muito, você perde enquanto respira. Ela praticamente pontilhava seus passos desde que a conheceu, sua única autonomia era dentro do campo de jogo. Agora nem essa.

Assim como a bola chega a um goleiro, uma pessoa entra na vida de outra. Era esse, pelo que recordo, o lema de um jovem goleiro do Racing de Argel, um certo Albert Camus.

A bola nunca vem por onde se espera que venha. Isso ajuda muito na vida, principalmente nas grandes cidades, onde as pessoas não costumam ser aquilo que a gente espera que sejam.

[...]

Espalmo o chute para escanteio ao mesmo tempo que tento domar as reflexões ensaboadas e indefensáveis. Eu poderia ser apenas um homem, mas, além de um homem, sou um guarda-metas, ofício que atrai as tempestades. Seja na Europa, onde joguei por duas décadas, ou na Amazônia, caso dessa peleja que disputo à beira dos quarenta de vida.

14º minuto

Cometo um pênalti besta no atacante ao atingi-lo com um golpe *à la* Bruce Lee.

O juiz foi complacente com o meu desespero ou teve respeito excessivo à minha fama. Não assinalou a penalidade máxima.

[...]

A primeira coisa é não desesperar. Na teoria de autoajuda é fácil, mas quem diz que consigo? Apenas esperneio, em câmera lenta, dentro do pesadelo.

Tento sair do pântano, mas o pântano me acompanha por toda a grande área.

Pensamentos chegam mais perigosos do que as bolas atiradas pelos adversários. A estufa selvagem despedaça o raciocínio.

Ah, larga o banzo, o blues, joga o jogo, cumpre como homem o destino, honra o final da sua carreira, *te alui, criatura de Deus* – a advertência materna grudada nos miolos do cérebro. Mira no exemplo dos seus semelhantes em campo, blindados contra qualquer devaneio, entregues à batalha. Que a Sevilhana tenha ido pelo caminho que julgou mais leve. E pronto. Reaja, são apenas noventa minutos, treze já decorridos.

Volte-se para a sua mãe, lave roupa na pedra, enxague, deixe quarar, chega de entojo, meu rapaz. Repare em sua mãe baiana criada nos terreiros de candomblé de Cachoeira, sua mãe que desbravou, aos dezoito incompletos, na cara e na coragem, morros e encostas do Rio de Janeiro, honre a dona Deolinda, *menino esmorecido dos seiscentos, te alui, criatura de Deus.*

[...]

Da linha que divide o mundo, o atacante me surpreende com um chute por cobertura. A bola descai quase dentro do gol. Por sorte, toca o travessão e vai embora, espantando o caburé que dormia infinita sesta na forquilha ao meu lado direito.

Pareço mais desesperado que o colega tcheco Ivo Viktor diante da tentativa de Pelé na Copa de 1970. O Rei arriscou do meio do campo. Quase um a zero para o Brasil contra a seleção da Tchecoslováquia.

15º minuto

Diante da vastidão do tempo e da imensidão do espaço é uma alegria compartilhar uma época e um planeta com você... O relógio marrrrca: decorridos quinze, eu disse quinze minutos do primeiro tempo no meio do mundo, estádio Zerão, Copa do Brasil, zero a zero, bola com Diogo Piraca, que passa para Renan, intercepta com categoria Rodolfo Potiguar, ajeita a menina na relva, penteia, estica para Kieza, Kieza se livra de Remerson, levanta a cabeça, vai bater no gol, disparou, vai entrar... Na traaave, quase, quase, quase; o goleiro Dalcídio ficou perdidaço no espaço e no tempo, mas a bola caprichosamente bateu na forquilha e se perdeu pela linha de fundo... Esta é a rádio Mauritsstadt, operando em ondas médias de oitocentos e cinquenta quilohertz, aqui o seu criado, ouvinte amigo, e o jogo eu conto como o jogo eu vi... Vamos mais uma vez à palinha abalizada de Tirésias Cavalcanti, o comentarista que vê além. Vai na bola, Tirésias.

Meus amigos, minhas amigas, se não existe pecado do lado de baixo do Equador, como diz a canção, imagine futebol. Nem no lado de baixo e muito menos no lado de cima. Trem e Náutico fazem um começo de jogo lamentável. O melhor da partida até agora é a coruja que vai e vem entre uma trave e outra.

Tomara, para a sorte do alvirrubro de Pernambuco, que a pobre ave não seja um bicho agourento como o corvo do Edgar Allan Poe. Vade-retro, belzebu. Eu volto com você, Walter Wanderley, o Dáblio Dáblio, o narrador das conquistas intergalácticas.

16º minuto

A derrota em campo não me penaliza. Ir buscar a bola no fundo das redes deixou de ser um momento angustiante. Que o adversário faça isso por mim e saia com o peito estufado de orgulho. Pouco importa.

Não é que as temporadas na Europa tenham dado a ideia de civilidade e frieza a este ex-doce bárbaro. Simplesmente deixei de fazer do meu ofício uma pedante metáfora para a existência. Entendo: ser goleiro é a coisa mais parecida com o ato de estar vivo – não preciso, porém, repetir tal obviedade a cada respiração. Odeio essas metáforas rasteiras tanto quanto os chutes queimando a grama, os mais perigosos.

Ser goleiro e a ideia de descuido vivem juntos. Nesta função, porém, não tem desculpa.

No início da trajetória, talvez influenciado pelo doutor Sócrates, meu ídolo brasileiro entre os futebolistas, era uma rajada permanente de frases e comparações entre o esporte e os destinos da humanidade. Alguns repórteres faziam cara de enfado nas entrevistas. Queriam saber sobre um frango e eu mandava lá uma citação de algum estoico como se o meu repertório de almanaque fosse reverter o placar do jogo.

Tais boçalidades me renderam algumas despedidas e chacotas. Ainda nas categorias de base, ouvi de um diretor do

Corinthians, depois de um período de teste: "Democracia pra mim é grego, já era. Ou você joga feito homem, ou muda-se para o quinto dos infernos da sua Grécia antiga. Aqui é Corinthians, porra, não é filosofia de botequim ou papo cabeça de comunista hippie da Vila Madalena".

E repare que nunca estudei como desejava, era apenas prepotência. Nunca passei do ensino médio. Saí do Brasil como a maioria dos garotos enfiados no futebol desde as fraldas. A leitura durante as concentrações, porém, me rendeu um vocabulário incomum aos boleiros – o que chamava atenção nas entrevistas.

Saí do país muito cedo, antes dos vinte, mas dei sorte de encontrar, ainda nos primeiros anos na escola pública Pedro Álvares Cabral, em Copacabana, a professora e bibliotecária Teresa, que me fez um leitor de contos e HQs.

Em Portugal e na Espanha, tive a chance de fazer cursos avulsos de literatura e filosofia para iniciantes. Nesses sítios, não é nada estranho a presença de um goleiro-leitor, um operário-leitor, um encanador-leitor, um mecânico-leitor...

17º minuto

Desgraçado é o goleiro, até onde ele pisa não nasce grama. Inevitável mantra do picaresco Don Rossé Cavaca, cronista esportivo do Rio de Janeiro das antigas.

Nada vigora na terra desolada onde moram viventes que escolheram tal posição. É vasta a filosofia a respeito desse profissional sobre o qual prevalece a culpa pelas derrotas e ao qual nem mesmo os milagres rendem glória por mais de uma semana.

Desgraçado é o goleiro... O folclore é vasto. Não vejo graça. Sei que o nosso terreno, com ou sem grama, é o do absurdo. Nada explica tal preferência. Sim, escolhi. Não é que fosse perna de pau na linha, mostrei habilidade desde a primeira pelada e poderia jogar em qualquer posição, seria um ponta-esquerda moderno, talvez com a elegância da figura mais *très chic* que a França viu em campos e passarelas e alamedas, sim, ele, messiê Paulo Cezar Caju, ex-Botafogo.

Se bem que meu sonho, sem brincadeira, era ser um Didi, coisa cerebral, o maior que a bola e a Terra conheceram. Didi, o Príncipe Etíope, o inventor da folha seca, o homem que fez da cobrança de falta a reformulação do "buraco negro" e da teoria geral da relatividade. A bola vai pelo espaço sideral e de repente despenca dentro do gol para a surpresa e a deformação do espaço-tempo, como os planetas ou estrelas.

Meu dom de ambidestro só facilitaria a escolha por qualquer outra posição no gramado. Nem sequer tentei outra história. Admirava os goleiros, a timidez daqueles monstros, a elegância de cavaleiros solitários, queria saber o que se passava na cabeça dessas figuras quando a bola estava distante. O que eles pensam debaixo daquelas traves?

18º minuto

Ainda estou em atividade, não me pergunte por quê. Em plena crise dos quarenta, disputo a Segunda Divisão do Campeonato Brasileiro e a Copa do Brasil. Nenhum demérito. Atuo pelo Clube Náutico Capibaribe, que tem tradição e segue a linha de um time honrado. Sobre mim, não posso dizer o mesmo.

Repasso a minha trajetória, em imagens desconexas que se fundem com a aparição da Sevilhana a cada fragmento de segundo. Nem no auge do amor Ela se fazia tão onipresente, mesmo assistindo a todos os jogos no estádio do meu clube. Aquela presença cigana me punha nervoso. Incomodava tê-la como testemunha de eventuais falhas. Felizmente só vacilei em jogos contra adversários menores. Ela tinha orgulho, especialmente, das minhas atuações contra o Madrid e o Barcelona. Sempre fiz grandes jogos contra essa dupla. Era questão de honra.

[...]

Os quero-queros voam rasantes na área. Encaixo, no susto, no reflexo, um chute do camisa 11, a fera da selva, que bateu forte, rasteiro. Trem zero, Náutico zero. Um lance ou outro ainda me fazem acreditar na minha biografia. O narrador de uma rádio local exagera na descrição da cena. O repórter de campo amplia o feito, "defesa digna de goleiro de Champions League, senhoras e senhores", a torcida adversária aplaude. Infelizmente eu era uma tardia atração no terceiro mundo. Um artista cuja arte datou no tempo.

19º minuto

Ela me espera com um vinho no solar do Hotel do Forte, ali na beira do rio Amazonas.
(Sonha, idiota.)
Só essa possibilidade me faria jogar o restante do tempo dessa partida como na minha estreia pelo profissional do Fluminense, aos dezoito anos incompletos, quando me senti o próprio goleiro Castilho.
Nem sei do que seria capaz se reencontrasse a Sevilhana. Talvez repetíssemos a noite de amor em Valência, quando me surpreendeu – viajara ao local sem me avisar nada – ainda na saída do estádio Mestalla.
Caso reaparecesse, tomaríamos um barco para a Ilha de Marajó, uma viagem noturna sob as estrelas, em uma mesma rede, no balanço do rio. Nunca mais voltaríamos. Vejo nosso filho ilhéu criado solto na praia de Salvaterra.
Mesmo coberto pelo luto amoroso, esse tipo de especulação, ou delírio, me atiça. Apesar da tempestade e do jogo. Sinto-me vivo por alguns minutos.
Recordo as perversões a que Ela me submetia nas primeiras semanas de namoro. Depois de assistir à minha terceira partida no Ramon Sánchez Pizjuán, exigiu que voltássemos ao campo,

umas três horas depois, para transar debaixo das traves e na arquibancada vazia. "Nosso menino será feito aqui", sussurrava no campo do Sevilha.

Desesperava-me. Não pelo sexo. Pelo destino que poderia ter uma criatura concebida sob o gol. Teria tudo para herdar a maldição paterna.

20º minuto

Nós somos uma impossibilidade num universo impossível... O relógio marrrrca vinte, eu disse vinte jogados na primeira metade da contenda, na linha imaginária que divide a Terra o placar é Trem zero, Náutico também zero. Esta é a sua rádio Mauritsstadt AM, transmitindo em ondas médias para todo o Brasil, e chegaram a hora e a vez de ouvir o cara, ele, o comentarista que vê além, Tirésias Cavalcanti.

Você jura que quer saber alguma coisa sobre este jogo, caro Dáblio Dáblio? Quer mesmo? Já que insiste, camarada, eu diria que para ficar péssimo terá que melhorar bastante, é lastimável, eu fico imaginando o que se passa na cabeça do goleiro Yuri Cantagalo no momento em que disputa esta partida.

Esse é o Tirésias, o comentarista que vê além do jogo. Derley domina, passa para Élton, encosta para Willian, vai bater no gol, afasta Diogo Piraca...

Só para completar, nobre Dáblio Dáblio, o Yuri Cantagalo tem contrato com o Náutico apenas até o final do ano, quando deve encerrar a carreira, creio que ainda está em campo somente por aquela dificuldade humaníssima que os boleiros têm de colocar um ponto-final na trajetória, afinal de contas, o homem está com a vida ganha e não carece provar nada para mais ninguém a essa altura do crepúsculo.

É exatamente ele que está com a bola, grande Tirésias, o internacional Cantagalo manda o couro para as nuvens, Remerson responde pelo time da locomotiva, sobra para Marabaixo, lança na ponta o Ari, cisca pra lá, cisca pra cá, manda pra Renan, que domina, penteia, sacode no gol... bola no fotógrafo, pra fora, tiro de meta para o alvirrubro.

Chamou, falou, Vera Dubeux, vai que é tua.

Nos bastidores do Náutico é dada como certa a renovação do vínculo do goleiro por mais uma temporada. Ele está felicíssimo com a nova vida no Recife. Sua mulher, a espanhola, ama a cidade, aliás, ela foi decisiva na escolha do arqueiro pela capital pernambucana. Depois eu conto. É com você, Dáblio Dáblio.

21º minuto

A Sevilhana sempre tirou muita onda com o meu ofício. Da sua varanda, no segundo andar do prédio, no bairro de Santa Cruz, exibia os peitos e provocava: "Cadê o meu *portero*, vai deixar passar?, que vexame". Não resistia, mesmo atrasado, em cima da hora do treino.

Era uma exibicionista, e isso me deixava entre o tesão e o ciúme. Sabia atrair o desejo de homens e mulheres. Ninguém em todo o universo dominava, mais que a Sevilhana, a arte de conduzir as pessoas para um *ménage à trois*, por exemplo. Tudo parecia tão natural, como se fosse um óbvio processo de evolução na convivência entre amigos, colegas ou até mesmo desconhecidos.

Sabia Ela introduzir o terceiro elemento com sutileza, requinte. Durante as preliminares, citava um homem ou uma mulher da nossa convivência e especulava sobre um triângulo possível entre nós, uma ficção que nos fazia tremer os tacos de casa como se fosse um tablado de flamenco.

Quando encontrávamos, por acaso, essa terceira pessoa, o desejo se impunha por telepatia. Ela usava apenas o olhar – a conversa seguiria o repertório normal de rotina, com afeto e amenidades.

O encontro à vera se daria em um ambiente de más intenções, crime premeditado sob efeito de vinho e marijuana. Em algumas ocasiões, Ela, nada amadora, tomava um ecstasy.

Eu adorava ficar de voyeur nos primeiros minutos dessas nossas sessões. Estivesse a Sevilhana com um homem ou outra mulher. Segurava até não resistir, até as últimas consequências, então me juntava aos dois. Ela se confessava impaciente com meu ritmo e passou a adotar uma nova maneira. Quando o(a) convidado(a) chegava, ela já estava sentada sobre mim no tapete da sala. "A porta está aberta, entra", dizia, como se estivesse gozando. Um jeito de surpreender a visita.

22º minuto

Rebato a bola nos pés do atacante. Quase gol do time da casa. O menino do placar chega a conduzir o número 1 para anotar o escore. Quase. Sorte. Pelo amor de São Castilho.

O narrador da mesma emissora que me elogiara minutos antes parece irônico com a minha trajetória. A repórter de campo idem: "Nosso atacante simplesmente amarelou diante do famoso guarda-metas europeu".

As queixas técnicas não me abalam. Resisti a falhas monumentais no Estádio da Luz, em Lisboa, para depois me erguer como ídolo dos Encarnados. Demorei a tirar aquele frango que tomei do time do Gil Vicente na primeira temporada em Portugal. Um escândalo. Quase peguei a barca para o inferno. Sobrevivi.

Estou a poucos jogos de encerrar a carreira. Quiçá a poucos minutos. Não sei se terei forças nem sequer para voltar ao Recife, sede do meu clube e sítio onde cada ponte e cada ilha são postais da separação. Melhor me perder na floresta escura.

Se o narrador e o repórter de campo, principalmente o repórter de campo, decifrassem as feições de um homem aflito, saberiam que não estou em condições técnicas de trabalho.

Meu suor exala angústia. Somente o atacante mais perigoso da equipe adversária percebeu tudo. Houve um olhar de misericórdia. Creio que até mesmo os pássaros que rondam o gol sentiram o mau cheiro do desamparo. Não há banho, mesmo em uma foz selvagem, que sirva de assepsia ou descarrego. O mau cheiro de um homem estragado se impõe.

A mãe-da-lua farejou e fugiu antes da noite, sob o nevoeiro escurecido. Somente essa ave fantasma seria capaz de entender a minha cabeça neste minuto. É a ave dos amores despedaçados, dizem as lendas amazônicas, li no guia turístico da cabeceira da cama no hotel.

23º minuto

Não, não sou trágico como parece. Um fado, todavia, voltou a me acompanhar como um coro grego. O mesmo que escutava na tasca O Cartaxinho, na minha primeira temporada no Benfica, meu primeiro clube além-mar:

"Mãos e braços, para quê?/ E para que os meus cinco sentidos?/ Se a gente não se abraça e não se vê,/ Ambos perdidos".

Mãos e braços incapazes de conter as bolas mais óbvias e até os amores menos perigosos. A difícil arte de separar a vida lá fora da vida aqui dentro do campo de jogo.

Não há barreira, mesmo de um time completo, que proteja contra o desprezo. Minha mulher foi embora ontem, ou talvez eu nunca a tenha tido, quem sabe, tudo hoje me parece fantasmagórico, repare na rede da trave, ela se mexe na lentidão de um véu de noiva.

Largue as divagações, seja homem, seu doente, encare a vida com profissionalismo, dê alguma dignidade a este fim de linha, você tem um nome e um retrato colorido nos álbuns do esporte bretão. Aproveite os dias e os pecados dos trópicos, reaja, traste. Tantas raparigas no mundo. Logo se aninha nos braços de outra. Ao fim do embate, como em tempos outros, vai a uma boate, a um cabaré, ao mais vagabundo dos puteiros. Nada como esse carinho avulso, urgente, com cheiro de perfume de zona.

A primeira vez, lembra?, com uma moça de um inferninho da Paulo Prado, em Copacabana. A primeira vez é sempre uma derrota necessária. Você tentou limpar a culpa imediatamente com o mais demorado banho de mar da sua vida. O cheiro de Marlene, esse nome nunca descolou da memória, seguiu seus passos até você sair do Brasil e do tricolor das Laranjeiras.

Saia desse limbo, só o amor clandestino das putas salva. Falo amor, mas sinta-se à vontade para chamar como queira.

24º minuto

Bate-rebate na área. Muitos homens iguais na minha frente. Distingo amigos e inimigos pelas cores dos meiões. Criatura que rasteja, estou caído ao chão rente à trave esquerda. A bola passa raspando. Uuhh, reticências da torcida. Rastejante criatura, tento me recompor com gestos de quem ainda tem sobrevida como guarda-metas. Talvez influenciado pela narração pomposa do locutor de uma rádio local: "Qué qué isso, brava gente brasileira? O atacante, a nossa fera da selva, amofinou diante do ainda ilustre goleiro que trouxe fama e respeito do Velho Continente".

Tudo é vaidade, sagrado Eclesiastes, e é óbvio que um simples eco do radinho de pilha no estádio alimenta esta criatura. Não ao ponto de resgatar a lucidez. "E repare que esse monstro do gol, esse paredão brasileiro, esse exu-tranca-ruas, está à beira dos quarenta anos", segue outro homem da latinha radiofônica.

O melhor de jogar em estádios pequenos é ouvir os narradores. Tremendos ficcionistas. Tudo vira um épico. Mal sabe que este Ulisses paranoico é que chora e tece um manto para a Penélope que ganhou os mares.

25º minuto

Espera mil anos e verás que será precioso até o lixo deixado para trás por uma civilização extinta. O tempo passa, o relógio marrrrca... Aqui na linha que divide o mundo em duas bandas, norte e sul, sul e norte, são decorridos vinte e cinco, eu disse vinte e cinco do primeiro tempo. Zero a zero no placar, tudo como antes do Gênesis, Trem zero, Náutico idem. Momento precioso para ouvir o homem que enxerga além da ladainha cotidiana, ele, Tirésias Cavalcanti. Para o mundo que eu quero ouvi-lo, silêncio na floresta, o verbo é todo teu, meu camarada.

Meu nobre Walter Wanderley, querido ouvinte da rádio Mauritsstadt, com todo o respeito, estamos diante de uma obra-prima em matéria de pelada, a quintessência do jogo que maltrata os olhos e o juízo das pobres testemunhas oculares dessa história. Pelamor dos xamãs dessa selva, Deus nos dê força para seguir nessa peleja, afinal de contas, é nossa missão no universo. Perdão, meu idolatrado Dáblio Dáblio, não é mau humor, não é pessimismo. Vai na bola que eu vou observar aqui os movimentos do vira-lata que tem animado a galera ali na torcida do Trem, quem sabe retomo a inspiração, quem sabe.

Eis o Tirésias, o mais autêntico comentarista do rádio esportivo brasileiro, com ele não tem enganação, vale a real da guerra,

Tirésias diz na lata... Bola perigosa, sururu na área do rubro-negro, bate-coco nos ares, a pelota sobra para Kieza, ajeita, vai disparar, solta o rojão... Bola longe, muito longe, essa foi lá na aldeia Waiãpi, senhoras e senhores.

26º minuto

Condenado às traves como um bom ladrão bíblico na cruz, o tempo é outro para quem está aqui debaixo. Uma partida dura uma eternidade. Jamais o que determina o árbitro. Dá tempo de passar uma vida em revista ou até mesmo reescrevê-la. Sobra tempo demais para a tragédia.
[...]
Nosso atacante desperdiça um gol feito. Só sei que desperdiçou por causa da série de palavrões que manda aos ares. Não vi o lance. Não gosto de acompanhar a desgraça do semelhante que está lá do outro lado, no hemisfério sul, na trave oposta, igualmente condenado ao infortúnio. Tenho piedade de todos os goleiros do planeta.

Daí a minha torcida para que um filho não siga o mesmo caminho. Proibir, proibir, não seria o caso. Darei, no entanto, os indicativos necessários para arredar o pé, mesmo sabendo que seria luta inglória. Dizem que há algo de hereditário nessa miséria humana.

Eu mesmo seria, a tomar como verdadeira a história mirabolante da minha mãe, a prova desse inevitável legado. Ela foi esperta em me inventar esse pai morto. Não um falecido qualquer. Uma figura mitológica. Que fantasia, dona Deolinda. Um caboclo ficcionista dos bons baixou no seu terreiro.

Como era confortável a ideia de "pai desconhecido". E lá me vem ela com esse renomado defunto. Um defunto soviético, comunista.

Então quer dizer que o Yuri Cantagalo, o menino nascido no morro de Copacabana, seria filho de um dos maiores guarda-metas de todos os tempos, não de um anônimo qualquer que pega o trem na Central do Brasil rumo a Belford Roxo?

Minha mãe foi incrível nessa invenção. Palmas. O pior é que ela conta em minúcias, e as datas e os fatos batem corretamente. Óbvio que não desconsidero a ajuda do doutor Magé, o empresário picareta envolvido na minha transferência do Rio ao futebol português. O cara é um gênio da trapaça. Tomou um belo troco da gente. Juro que admiro o nível de vigarice desse rábula. Óbvio que está aprontando de novo com a minha mãe. Esse senhor vende lotes imobiliários da Lua ao mais cético dos clientes. Gênio das mutretas.

27º minuto

Todo goleiro é um Sísifo, meu filho, um trabalhador inútil.
A voz paterna surgiu em um sonho, só a voz, sem a imagem. Como em um telefone fixo.
É preciso pensar que Sísifo é feliz, disse. E desligou.
Embora não tenha decifrado a mensagem por inteiro, serviu como algum conforto. O cara não falava no covardês de pai desconhecido.
Seria possível um Sísifo feliz, mesmo sob castigo e repetição permanentes, como se enxugasse gelo?
A voz do pai queria apenas, quem sabe, acender algum sol por perto.
[...]
Tirei a bola com a ponta dos dedos da mão esquerda. Escanteio. O terceiro escanteio seguido do time da casa. Lá vem cruzamento de novo na área, bola com efeito, indecifrável, basta resvalar na cabeça de algum adversário – ou até mesmo desviar em nossos próprios defensores – para que morra dentro da rede.

28º minuto

Reverbera o fado no juízo: "Mãos e braços, para quê?".

Antes eu conseguisse, com mãos, braços e vísceras, impedir que Ela, a mais amada de toda a minha trajetória, desaparecesse por aquela porta de pouco mais de um metro de largura e dois e trinta de altura. Maldito e assombrado edifício Capibaribe.

A gente não sabe como chega, muito menos como parte alguém das nossas vidas. Nem sabia que estava partindo naquele instante, sem malas ou palavras pesadas.

Havia apenas o pressentimento de que vivíamos uma despedida nos últimos dias. O sexo foi bom até os momentos derradeiros, apesar de triste.

Na véspera, um fim de tarde com chuvas, Ela fumara os cigarros mais entediados da sua vida. Sempre apreciei o ritual, o trejeito para riscar o fósforo e a beleza do rosto encoberto pela fumaça. Ela me lembrava a atriz Paz Vega no filme *Lúcia e o sexo*. Não fisicamente, as tristezas é que eram parecidas. Juro que me fogem as feições dela a essa hora. Desde que partiu, não consigo lembrá-la em detalhes físicos. Há um desejo radical que não encontra um rosto.

Fumava nua, na janela para o rio Capibaribe, cheiro de mangue, maré alta, o olhar em direção à torre Malakoff, o apito de um navio rumo ao estrangeiro, a *Ave Maria* de Schubert no rádio fanhoso do vizinho, o barulho de um jogo de dominó nos corredores do prédio.

Ela dizia ser a mulher febril que habita as ostras. Havia lido em um poema, creio.

Teria sido mesmo a mais amada? Como se mede? Talvez esteja a crescer no meu juízo por causa do desespero ainda fumegante. Por Veridiana, ainda em Sevilha, também achei que fosse morrer de fastio e tristeza. Filipa me pôs em vexame, mas nada que me levasse a uma tentativa de suicídio na ponte 25 de Abril – eu era fissurado pelos suicidas do Tejo, acompanhava as histórias dessas pessoas nos jornais.

Lembro-me de um rapaz, trinta e poucos anos, com uma cartolina nas mãos: "Sem amor e sem abrigo". Corria em desespero sobre a ponte. Foi salvo no momento em que se erguia para o pulo fatal. Um senhor de pernas arqueadas desceu do carro e evitou a tragédia. Para ainda mais desespero do suicida frustrado.

Nunca esqueci aquele cartaz. "Sem amor e sem abrigo." Na mesma semana, pelo mesmo jornal, soube que o homem que evitou o suicídio do lisboeta era um brasileiro, ex-jogador de futebol, defensor do Belenenses.

29º minuto

"Tire o seu sorriso do caminho", recomeço a assobiar o Nelson Cavaquinho como fazia durante os jogos no início da carreira, "que eu quero passar com a minha dor".

Ilusão pensar que essa memória me religaria ao Rio e, por consequência, ao meu país.

Que "meu país" o quê, cara-pálida.

Levar aperto policial na rua é ter uma pátria? Somente depois de ter um rosto conhecido nos programas e nas páginas esportivas é que deixei de ser o sarará suspeito de sempre.

Sem esse caô de brasileiragens pra cima de moá.

Não cola. Se não fosse a maldita ideia da Sevilhana, eu estaria livre desse desgosto para sempre, jamais poria os meus pés de volta. Talvez não retornasse nem mesmo para o enterro da minha mãe. O que poderia fazer depois de morta? Tomar friamente um café com leite no funeral, fumar um cigarro?

[...]

"Ama, com fé e orgulho, a terra em que nasceste!/ Criança! Não verás nenhum país como este!"

O maldito poema de Bilac nunca me saiu do juízo. Tive que decorá-lo para um jogral na escola. Na hora de recitar, esqueci a minha parte, deu branco.

O Brasil me dá enjoo, uma gastura, desde aquele momento solene no auditório. Tomei beliscões dos colegas do grupo e uma vaia digna de Maracanã lotado.

Criança, vaza dessa terra que não escolheste. Dá no pé, capa o gato, chispa, cai fora.

A repugnância agora é a mesma. Mareado, só penso em voltar a viver no estrangeiro o mais rápido possível. Estar triste no Brasil, igual a esta coruja da trave, não faz parte dos meus planos. Devolverei minha estranheza ao além-mar, urge.

Meu desencanto combina com Lisboa e arredores. Lá eu posso inventar um novo ramo de atividade ou encher a cara na companhia do amigo Vicente, o corvo da tasquinha do camarada Cardoso Pires, sem que me tomem por um ídolo em decadência. Posso, inclusive, voltar a seguir as histórias dos suicidas da ponte 25 de Abril – quem sabe tomo eu mesmo coragem. E que nenhum esperançoso ex-zagueiro brasileiro do Belenenses ou do Sporting me atravanque o caminho.

30º minuto

O homem não é nada em si mesmo. Não passa de uma probabilidade infinita. Mas ele é o responsável infinito dessa probabilidade. O relógio marrrrca... Tempo e placar no Zerão, Macapá, Amapá, Brasil, Trem zero, Náutico zero... Escanteio no hemisfério norte, Lessandro na cobrança, sururu na área, Diogo Piraca cabeceia, sai bonito o goleiro Yuri Cantagalo, rebate a pelota, a menina cai nos pés do inimigo, ajeita no peito o Batata, prepara a canhotinha, vai mandar na área, alçou na zona do agrião, mergulha de peixinho Marabaixo e é gol, gooooooollll do Trem, golaço do time amazônico, o internacional Yuri Cantagalo ainda tentou defender no reflexo, mas nada pôde fazer diante da fera da selva, agora está lá no placar do meio do mundo: a locomotiva tem um, o Timbu está zerado na peleja.

Desatenção total da defesa pernambucana, meus amigos, bate-cabeças entre os zagueiros, e o time de Macapá sai na frente, Yuri pega lá no fundo da rede e manda para o centro de novo, recomeça tudo outra vez o time do Recife.

Bandeira levantada, caro Dáblio Dáblio, o juiz está anulando o gol, meus amigos, não valeu, não valeu, mesmo diante do protesto dos jogadores do Trem e da torcida. O que só você viu, meu velho Tirésias?

O Timbu se deu bem nessa, torcida alvirrubra, pelo menos dois homens davam condições de jogo, um deles estava com a mão colada à trave, goool leeeegal, diria o superjuiz Mário Viana. Sorte do Náutico, bola pra frente. Saúde, vitalidade e apetite? Ô, gente fina, tome Anemokol!

31º minuto

Mergulhei aos pés da Sevilhana como o mais arrojado dos arqueiros diante do perigo. A determinação de ir embora, porém, era fria e superior. Nem o Aranha Negra ou o também soviético Dasaev seriam capazes de detê-la. O uruguaio Mazurkiewicz ficaria perdido pelo caminho, talvez esperando que Ela virasse estátua de sal e não conseguisse partir – como ao observar o Pelé a jogar fora aquele gol quase feito contra a Celeste em 1970.

O Castilho, quem sabe, poderia impedir o abandono. Só o Castilho. Era dado a sacrifícios incompreensíveis. Chegou a cortar parte do dedo mínimo da mão esquerda – a cru, sem anestesia – para poder atuar em um jogo do seu Fluminense.

Amputaria todos os dedos para que Ela não partisse. "Mãos e braços, para quê?"

Antes eu conseguisse, com todas as vísceras, impedir que Ela passasse por aquela porta de pouco mais de um metro de largura e dois e trinta de altura.

Cadê o árbitro de todas as ações do universo para apitar aquele flagrante impedimento?

Aqui defendo um gol de sete e trinta e dois por dois e quarenta e quatro. Bem mais fácil. Mesmo com todas as traições e venenos de uma pelota.

A mulher de Sevilha, normalmente tão densa, escolheu a leveza para desaparecer de vez. Nem um sino dobrou. Nem uma palavra que pudesse atiçar o drama.

32º minuto

Teria sido mesmo a mais amada dos meus primeiros quarenta anos? Talvez esteja a crescer, minuto a minuto, sob o fermento do desespero das últimas horas.

    Instala-se como uma bala de revólver recém-infiltrada entre a carne e o osso. Doerá mais ainda no inverno.

    Veridiana, Filipa... Nada como a Sevilhana para apagar a poeira das outras. Roberta, não esqueça a Roberta, foi um caso à parte. Não que eu renegue e tente borrá-la. Roberta saiu do Rio, cinco anos antes de mim, ainda Roberto.

    Roberta seguiu para Milão, crente na promessa de um contrato inicial nas categorias de base da Inter. O Roberto da época tinha apenas quatorze anos e já brilhava entre os Meninos da Vila, em Santos.

    Depois de um ano na Itália, Roberta rodou por Alemanha, Portugal e Espanha, onde a conheci. Havia perdido a ilusão com o futebol e começara a se travestir na noite madrilenha, um desejo antigo, talvez mais importante que a carreira futebolística.

    Nosso primeiro encontro foi em uma festa de atletas brasileiros no bairro de Embajadores, em Madri. O *affair* durou uns seis meses.

    [...]

"Só fantasia rasa, foste um machinho escroto qualquer", acusou Roberta.
"Perdão pela covardia", confessei.
"Apostava que fosses diferente", ela disse.
"Não segurei a onda."
"Que decepção."
"Tentei."
"Os mercuriais do desejo."
"Talvez tenha brincado com o que não devia."
"Não sou parque de diversões para atormentados."
"Não fui homem o suficiente."
"Nem rascunho de."
"Amarelei."
"Volte quando crescer."
"Quem sabe um dia."
"Um bom terapeuta ajuda, recomendo."
"Talvez esteja na hora de encarar."
"Demorou."
"Sinto muito."
"Fraco."

33º minuto

A Sevilhana adorava sair para além dos arrecifes, em nado na área de risco das praias de Boa Viagem ou Piedade, onde os tubarões famintos costumam atacar não apenas os turistas ou os desavisados.

Juro que a vejo agora em riso e braçadas, como se tirando onda da minha ideia do perigo. Ela sabe que sou um covarde marujo. Ela nada além de todas as arrebentações. *Danger – shark zone*. Ela ri das placas bilíngues.

"Isso é muito Spielberg", sacaneava.

A impressão, porém, é de que a perdi para os homens, não para os mares, muito menos para os tubarões ou para o sol. Deve estar a caminho de Espanha. Não adianta adivinhar a rota da sua fuga. E se estiver em uma das ilhas da República de Kiribati, em cima desta mesma linha do Equador em que estamos agora?

Kiribati é o país mais adiantado em questão de fuso horário. A esta altura, Ela nem sabe mais quem fui eu na sua existência.

Melhor se render ao absurdismo ou ao *jet lag* existencial que me atordoa. Talvez seja o momento certo de rir da própria desgraça. Repare onde me encontro: condenado ao "meu país" de novo. Pior condenação para quem conseguiu se livrar desta terra por obra e graça de outro infortúnio: o de ser um goleiro de relativo sucesso.

A única parte imperdoável da Sevilhana nessa história talvez seja ter provocado esse retorno. Sem perdão também para mim mesmo, que aceitei – abobalhadamente – sem medir consequências. Poderíamos ter escolhido qualquer outro destino, o futebol chinês, a Micronésia, Tuvalu, Cocanha...

O mundo é grande demais para que eu tenha aceitado ser condenado outra vez ao país do futuro.

Calma, talvez apele mesmo aos dirigentes de futebol em Portugal. Quem sabe mais um ano de atividade, quem sabe no Gil Vicente, tenho amigos em Barcelos, ora bolas. Que o galo português cante em breve para me inocentar ao fim da trajetória esportiva. Barcelos pode ser uma boa saída ao norte. Pronto, que se torne ideia fixa, preciso ensaiar alguma alforria das terras brasileiras.

34º minuto

Boleiro é tudo igual, dizia Roberta.

Roberta ainda Roberto era atacante, porém nunca nos enfrentamos em campo.

"Temes o que possas ser deveras", Roberta alertou certa vez. "Não à toa és goleiro", via passividade na escolha dessa posição na vida.

Para Roberta nada era à toa, nenhuma escolha.

"Deixa eu ser goleira só esta noite", ela pediu.

Virei atacante e aprendemos a trocar de lugares.

Roberta acreditava que havia algo de castração na escolha de ser guarda-redes. Ela analisava as coisas.

"A gente não sabe o lugar certo de colocar o desejo", cantava uma música brasileira que eu nunca ouvira.

[...]

Outro dia tentei contato virtual:

"Saudade", escrevi.

"O nome disso é tesão, te conheço", ela respondeu.

"Estou tranquilo."

"Conheço essa calmaria de mar ressacado."

"Falo sério."

"Que passa, o fogo da Sevilhana apagou?"

"Só queria saber de ti."
"Você só me procura pra gozar."
"Não seja injusta."
"Não que gozar não seja uma boa causa."
"Nunca neguei o meu desejo."
"Poderia ser mais corajoso."
"Um dia, quem sabe."
"A mulher está dormindo?"
"Ela sabe da nossa história."
"História, é?"
"Foi importante."
"Quanta honra, não vou dormir hoje com esse privilégio."
"Quem sabe, um dia um triângulo..."
"Não te dividiria assim tão fácil."
"Eu seria mais teu."
"Tua, queres dizer, não?"
"Tanto faz."
"Sem essa, goleiro. Como me tratas diz muito de ti a essa altura."
"Meu homem, minha mulher."
"Que brega, que cafona. Apelou, hein?"
"Meu atacante."
"Desculpa, vou ter que atender a campainha, bjo."

35º minuto

O tempo é relativo e não pode ser medido exatamente do mesmo modo e por toda a parte. O relógio marrrrca... tempo e placar no meio do mundo, a Locomotiva da Selva não tem nada, o Timbu idem ibidem, muito trololó e neca de pitibiribas no Zerão. Alguma perspectiva nesses dez minutos finais da primeira etapa, caríssimo Tirésias? O que dizem as faculdades divinatórias dessa mente iluminada, meu mestre?
   Dom Walter Wanderley, meu Homero das odisseias esportivas, não precisa ser assim um profeta do óbvio para responder a sua pergunta. O que se espera deste jogo é a repetição do mesmo horror que temos visto desde o apito inicial. Estamos condenados a este zero a zero insípido, inodoro e incolor. Já vimos, você é testemunha, zero a zeros fabulosos, com desenho tático, arrojo técnico, xadrez de primeira grandeza... Este de hoje é o noves fora nada, Dáblio Dáblio, até o acaso, capaz de lances mirabolantes, foi abolido no tabuleiro.

36º minuto

O futebol talvez não me fale mais nada neste fim de linha. Está na hora de uma festiva peleja de despedida. Não dá, estimado guarda-metas, já era.

Quem sabe um amistoso entre Benfica e Sevilha, os dois clubes nos quais mais atuei na carreira. Pode ser no Estádio da Luz ou no Ramón Sánchez Pizjuán, seria digno.

Não dá mais, miséria humana, não passas de um homem doente. Urge pendurar as chuteiras em nome da boa ficha corrida, tens uma história.

Ah, caguei para a decência futebolística e qualquer ideia de imagem. Que se danem a torcida e a crônica do ramo. Ela foi embora, e essa ocorrência talvez tenha apenas me alertado para a gravidade generalizada do meu desacerto com o mundo.

Nada de festa. A despedida é agora, sob o torpor, sem cerimônia, sem placas de agradecimento, sem adeus. Parou. E pronto. É tomar um banho e seguir. Daqui desapareço, sem falar com os camaradas de clube. Por demasiadas explicações, perdemos uma vida. Basta desaparecer, melhor assim. Chega.

Quem sabe uma trilha na selva escura, para retomar a clareira depois de ter apagado da memória tudo que pesara.

37º minuto

Não aguento mais essa desolada terra onde não nasce grama e só o delírio germina. Parece que a existência nunca zera o cronômetro.

O sol ainda na cara exibe minha dor para torcedores e câmeras. Na vertigem, recuo para a linha demarcatória do gol. A bola chega como um clarão, um susto, um alumbramento por uma mulher inesquecível que nos mata no golpe de vista.

O mesmo clarão com o qual somos apresentados ao mundo, depois de largar, à força, a mais uterina quentura. Aí começa uma vida de refugiado, a marcha na legião estrangeira.

[...]

Caio sob as botas do ponta de lança e impeço o gol feito. Só abro os olhos com tapas do médico da equipe. Segundos, minutos que duraram uma eternidade.

Grogue, achei que ainda estava aos seus pés, na tentativa de impedir o desaparecimento. Partiu mesmo assim. De salto alto a dançar um flamenco sobre o asfalto.

As cordas de Paco de Lucía e a garganta de Camarón de la Isla preencheram o universo: *"Qué mala suerte la mía/ De haber tropezado contigo/ Lo a gustito que yo vivía/ Tu cariño es mi castigo"*.

38º minuto

Fosse um atacante, talvez me vingasse do seu desprezo estufando as redes do adversário com um gol de placa. Não tem imagem mais vingativa e erótica, diria algum tarado estudioso. Diria a Roberta, melhor dizendo. Roberta sempre leu o jogo como um drama. Posição por posição.
    Ao meu ofício cabe sobretudo a espera, o luto estampado na camisa negra com o solitário e esquelético, o tuberculosíssimo, o magérrimo 1 às costas. Há toda tristeza e solidão nesse número.
    O luto de véspera, inevitável derrota particular, mesmo naquelas tardes de triunfo coletivo. Um goleiro nunca sabe a noção de equipe. Tudo na nossa vida é solitário, seja triunfo ou derrota.
    Ao que tudo parece, atuo sobre um tablado de flamenco, onde o acaso decide a cada minuto, é o juiz da partida.
    Mesmo um *goalkeeper* moderno apenas se ilude que atua como dublê de líbero. Alguns minutos jogando com os pés não significam redenção. Ele sempre estará condenado à meta.
    [...]
    A bola resvala na canela do zagueiro, espalmo no susto. O castigo é permanente. De novo a pelota é alçada na área. Choque de cabeças entre o atacante – a fera da selva – e um dos

meus beques. A pelota sobra para Marabaixo, que rola para o meu canto esquerdo, como em uma tacada seca de bilhar.

O narrador de uma emissora local berra "milagre, milagre, milagre". O repórter de campo fala em sorte. Esforço repetitivo de sobrevivência, eu diria, gambiarra de um Sísifo.

39º minuto

Quando Ela entrou na minha vida, havia deixado um ídolo decadente do time do Sevilla, no qual eu também jogava, e um rastro de toureiros *en sangre*. Não me faltaram alertas de companheiros de equipe. Achei que era simples inveja ou ciúme, *envidia*. Quem precisa de aviso diante de uma Carmen inevitável?

O alerta dos colegas só instigou este animal clandestino.

Cada vez mais próximo da cigana, lembrava-me da infância passarinheira no morro do Cantagalo: pintassilgo fêmea que atraía o macho ao alçapão em segundos. Breves silvos e lá caía o malaco na gaiola. Era mágico, mas sem mistério.

[...]
Quem dera eu tivesse no amor a mesma frieza que tive nos melhores momentos debaixo das traves. Teria herdado tal frieza do suposto pai russo?

Faço troça do delírio materno, mas não o largo de vez, alguma coisa me atrai na invenção de dona Deolinda, sob influência do picareta doutor Magé, óbvio.

Não é todo dia que você fica sabendo ser filho de Lev Yashin, o mitológico guarda-redes da camisa preta com as letras CCCP no peito.

Não ria, pelo menos não agora. Não me tome por um comediante em início de carreira, a história materna é bem contada. Tudo bate.

O meu nome seria uma homenagem ao triunfo do astronauta russo Yuri Gagarin, de quem Yashin era admirador confesso. Nada o emocionara tanto quanto a subida de Gagarin ao espaço. Mais do que qualquer épico futebolístico.

O soviético Yuri Alekseievitch Gagarin foi o primeiro homem a fazer uma viagem espacial. Doze de abril de 1961, a bordo da nave Vostok 1. Ao olhar pela janela da nave, disse: "A Terra é azul!".

Ao Yuri de batismo, acrescentaram o Cantagalo, meu lugar de origem no Rio – creio que foi durante uma das primeiras peneiras, no campo do São Cristóvão, para distinguir de outro Yuri do meu time.

Imagina! Ser filho de Yashin, o Aranha Negra, seria um pesadelo dentro do pesadelo de ter nascido goleiro. A sombra paterna me perseguiria por todos os campos.

Conta outra, dona Deolinda. Obrigado por tentar preencher a lacuna "pai desconhecido" da minha certidão de nascimento com uma bela fábula.

40º minuto

Não está morto o que eternamente jaz inanimado, e em estranhas realidades até a morte pode morrer. O relógio marrrrca... Tempo e placar na linha que divide a Terra: são decorridos quarenta, eu disse quarenta da primeira etapa, e ninguém buliu com ninguém até o exato instante. O Trem segue com zero, o Timbu idem. E volta com tudo aquela tempestade equatorial, fechou o tempo, um dilúvio bíblico, não enxergo nada à minha frente. Se eu falar que estou vendo o jogo, caros ouvintes, estarei mentindo da forma mais joãogrilesca da história. Bom, amigos, vamos aproveitar as condições adversas para ouvir o Tirésias, o comentarista que vê além, muito além das quatro linhas demarcatórias do campo.

Nobilíssimo Dáblio Dáblio, não reclama do temporal, bem melhor assim, nobre colega, só vejo vantagem, pelo menos a gente descansa a vista da peleja tenebrosa que estávamos testemunhando. Que maravilha de toró, chuá-chuá, foi numa dessas que Jonas preferiu o refúgio no ventre da baleia, que tempestade, salve, salve, traz a arca, velho Noé.

E segue o jogo, grande Tirésias, por mais incrível que pareça, o juiz tocou o barco, só não me peçam para narrar os acontecimentos.

41º minuto

Como se não bastasse o relato sobre o pai russo, dona Deô me mandou cópias de matérias do *Jornal dos Sports* e de *O Globo*. Eram provas de que Yashin estivera mesmo no Brasil e treinara no campo do Flamengo, na Gávea, em janeiro do ano de 1965. "Estou satisfeitíssimo por estar de férias no Rio e tomar banho de mar em Copacabana. É bem melhor que jogar futebol", disse o *goalkeeper* aos repórteres.

Se os jornais não servem de prova do enlace, minha mãe me exibe também uma fotografia: o homem da cortina de ferro ao lado dela, no Posto 6 da mesma praia, em Copacabana. O gigante tão hábil em campo a abraça de forma desajeitada na areia. Ela, pequena e igualmente tímida, parece escapar daquele afeto estrangeiro.

Quantos habitantes da cidade do Rio de Janeiro devem ter feito esse mesmo retrato com o célebre turista? Óbvio que minha mãezinha amada inventou isso tudo para me presentear com uma paternidade extraordinária. Seria um amparo ao fim da carreira.

Talvez seja a demência, o que é mais provável. Deô tem sido vítima de esquecimentos. Mais provável que seja delírio, vai saber. Posso até ser filho de um goleiro, creio na maldição hereditária, quem sabe de um desaventurado guarda-metas do subúrbio carioca, um arqueiro de um campo de várzea lá do bairro de Paciência.

42º minuto

Cometo uma arrojada saída do gol, interceptando uma bola cruzada na área. Essa vale por um exame de DNA. Uma saída à Lev Yashin, recorro ao escárnio. Minha única herança paterna. Meu pai está vivo em mim na forma como saio do gol. Mãe, todo delírio será permitido daqui por diante.

Yuri Yashin. Imagino o peso de ter esse sobrenome escrito às costas. Não teria dado conta. Seria uma comparação maliciosa por minuto.

Meu pai russo e comunista tomava sempre um copo de vodca antes do jogo. Para calibrar o sangue. Meu pai russo não tinha medo nenhum diante do pênalti, defendeu pelo menos cento e cinquenta cobranças. Meu pai russo amou o seu passeio no Rio de Janeiro em 1965 e deu uns conselhos para Valdomiro, o goleiro titular do Flamengo. Meu pai arriscou até um mergulho entre surfistas.

Talvez eu abrace essa invenção materna para o resto da vida. É um bom assunto para encobrir a falta que Ela me faz. Aproveito o fim de carreira e vou à Rússia em busca de parte das minhas origens paternas. Uma aventura pelos caminhos do meu velho. Isso. Bom plano em meio ao caos. Sábia mãe que me impôs esse conto.

Vamos a Moscou em busca do sr. Lev Yashin. Como um discreto detetive. Teria algum eco na família Yashin e entre os amigos mais íntimos o boato de um filho brasileiro? Pelo menos um fiapo de dúvida? Preciso ler todas as biografias, vasculhar o museu do time do Dínamo, visitar os lugares onde morou, os restaurantes e bares que frequentava e, quem sabe, com muita sorte, ver as minhas irmãs – Irina e Helena – de perto. Pelo gestual delas, saberei de cara se tenho algum trejeito familiar, alguma pista.

43º minuto

A fábula materna não é de toda imprestável, ajuda a desviar o meu pensamento por alguns instantes. É um alívio. Consegui ficar mais de um minuto sem pensar na mulher desaparecida.

Mãe me contou toda essa lenga-lenga como quem retoma uma historinha de ninar. Talvez seja sua forma de oferecer colo outra vez a este deserdado. Pode ser um arrodeio para dizer, à vera, tudo sobre o misterioso homem que aparece no meu registro de nascimento como pai desconhecido. Creio que ela tenha pressa, talvez tema o esquecimento total, o Alzheimer.

Sem chances. Que importa ouvir sobre esse branquelo que entrou na vida dela e fugiu da minha presença no mundo?

É isto um homem? Está mais para um vulto insignificante.

Não dou atenção. Não correrei o risco de me sensibilizar com nenhum enredo. Imagina se ela romantiza ao ponto de absolver o fugitivo? Imagina se o drama parece real: teu pai morreu atropelado logo depois que nasceste. Arrepio só de pensar.

Prefiro seguir com esta família de apenas duas pessoas: mãe e filho. Não temos mais ninguém com relação de parentesco sobre a Terra, ela jura. Sobraram apenas os espíritos em Cachoeira, Bahia, onde dona Deô foi concebida.

Melhor assim, não inventa, mãe, somos apenas nós mesmos.

44º minuto

Penso em *mala suerte* ou destino e me vem a voz de um sábio anão, garçom do El Refúgio Bar, na zona boemia de Sevilha. Certa vez me provou que tudo, mesmo as mil e uma surpresas de uma bola quicando com efeito ou de uma pessoa que atravessa nossa vida, é física quântica. Antonio Novales é o nome desse professor da noite, vulgo Mr. Planck, apelido em homenagem a alguém do ramo das ciências, segundo ele me dizia.

Sentava sozinho à mesa – muitas vezes depois de jogos que me roubavam a alma – para ser confortado pelo garçom. Novales, torcedor do Betis, gozava o Sevilla e na sequência ia direto ao ponto. Sabia o que se passava comigo, mesmo que eu não dissesse um monossílabo.

Quando lhe avisei que retornaria ao Brasil ao lado da Sevilhana, ele alertou, com suas sobrancelhas ao estilo do ator Jack Nicholson: "Teu destino é andaluz, esquece o país do passado".

45º minuto

Quanto tempo dura o eterno?, perguntou a menina Alice. No que o esperto coelho respondeu: às vezes apenas um segundo. O relógio marrrca, anotem tempo e placar na cidade de Macapá, Amapá, Brasil, quarenta e cinco, eu disse quarenta e cinco cravados na primeira etapa de jogo, no placar Trem zero, Náutico também zero, tudo igual à latitude desta praça esportiva, meu caro Tirésias Cavalcanti...

Tá osso, Dáblio Dáblio, a tempestade passou e nada de bonança, as duas equipes seguem desinventando a bola, que parece mais quadrada do que nunca.

Vai que é a tua, repórter Vera Dubeux, chamou, falou.

Finalzinho da etapa inicial de jogo e o goleiro Yuri parece ter sentido bastante o clima, está visivelmente abatido, feições preocupantes, não sei se volta para o segundo tempo, Dáblio Dáblio, vamos tentar ouvi-lo assim que o juiz apitar, amigos.

[...]

Ouvia o relato da repórter e preparava um plano de fuga para sair sem falar com a imprensa. Não sei como não vomitei em campo ou sofri um daqueles frangos que carimbam definitivamente a biografia. Esse primeiro tempo foi um milagre diante do pânico. Não sei se retorno.

Seguro na trave esquerda para aguentar a vertigem. Calma, respire, falta-me o ar, a vista escurece. A coruja mocho-diabo crocita.

SEGUNDO TEMPO
HEMISFÉRIO SUL

46º minuto

Bombardeado por frases de autoajuda, retorno ao campo mais zonzo ainda. É uma marca do nosso técnico. Temos zero jogadas ensaiadas, quase nenhuma estratégia de jogo. Um bando ao deus-dará. Em compensação, o professor é mestre em tiradas motivacionais. E que memória para decorar essas frases.

"Não vim a este mundo competir com ninguém. Quem quer competir comigo perde seu tempo. Estou neste mundo para competir somente comigo: ultrapassar meus limites, vencer meus medos, lutar contra meus defeitos, superar dificuldades e correr em busca dos meus objetivos já me ocupa muito tempo."

E haja aquele papo de vencer seus inimigos interiores etc. etc. Até o Dr. House, o do seriado, o cara invoca nas preleções.

"O esforço vence qualquer talento se o talento não se esforça."

"Não julgue a si mesmo a partir daquilo que alcançou, mas sim a partir daquilo que você deveria ter alcançado com as suas habilidades."

"Hoje você tem cem por cento do resto da sua vida."

"Um vencedor precisa de motivação para além de qualquer vitória."

"Não é possível ganhar a não ser que se aprenda a perder."

"Há apenas duas opções no que diz respeito ao comprometimento: ou você está dentro, ou você está fora. Não há como viver entre essas duas opções."

"Você não poderá fazer muita coisa na vida se só trabalhar nos dias em que se sente bem."

"A perspectiva de um campeão é a de alguém que se eleva ao limite, repleto de suor, levando-se à exaustão quando ninguém mais o está olhando."

De um lado a autoajuda do técnico, do outro os versículos bíblicos e salmos dos Atletas de Cristo. Pelo menos os trechos da Bíblia são mais interessantes.

"Nenhum mal te sucederá, nem praga alguma chegará à tua tenda."

"Aquele que habita no esconderijo do Altíssimo, à sombra do onipotente descansará."

"Direi do Senhor: 'Ele é o meu Deus, o meu refúgio, a minha fortaleza, e Nele confiarei'."

"Porque Ele te livrará do laço do passarinheiro, e da peste perniciosa."

"Ele te cobrirá com as suas penas, e debaixo das suas asas te confiarás; a sua verdade será o teu escudo e broquel."

"Não terás medo do terror de noite nem da seta que voa de dia. Nem da peste que anda na escuridão, nem da mortandade que assola ao meio-dia."

47º minuto

Minha única crença é na Sevilhana, meu fundamentalismo. O cheiro, o olhar de quem está sempre de partida, a tristeza que me lembra a mulher com quem perdi a virgindade na rua Paulo Prado.

A mulher febril que habita as ostras, agora compreendo o verso que Ela repetia olhando da janela para o rio Capibaribe. Agora avista, adiante, a Torre Malakoff, um antigo observatório astronômico cujo nome é uma homenagem a uma fortaleza russa da guerra da Crimeia. O olhar panorâmico vê agora a praça do Marco Zero, o mastro da escultura do artista Francisco Brennand esfolando o céu, um navio com uns dois mil estrangeiros, a Casa de Banho, o oceano Atlântico, o caminho de volta para sua terra além dos arrecifes.

Preferia quando Ela inclinava o olhar para a esquerda, em direção à ponte do Limoeiro, lá está a Cruz do Patrão – um sítio de assombrações e almas penadas do Recife –, os quintais e igrejas de Olinda. Era o olhar de quem permaneceria, não estava indo embora, mirava para dentro.

Raramente via o centro da cidade, à direita: as pontes, o tumulto, os meninos do crack, o ônibus com o destino Alto do Céu/via Encruzilhada, o cine São Luiz, onde vimos *Cinema, aspirinas e urubus*.

Da janela saltava para a rede, ouvindo todas as faixas de "Homogenic", disco da Björk. *"Emotional landscapes/ they puzzle me, confuse/ then the riddle gets solved/ and you push me up to this."*

48º minuto

Ela nunca me prometeu amor eterno, nem sequer falou sobre permanência de nada, e eu bem sabia do perigo. Não direi que vivia o mesmo risco de levar um gol aos quarenta e cinco minutos do segundo tempo porque a esta altura da vida odeio as metáforas do jogo. Prefiro falar o que tem de trágico da forma mais direta possível. Sabia que Ela ia desaparecer, e, durasse o que durasse, a agonia seria a mesma. Uma ou mil noites.

Foi embora e me deixou na vastidão deste país que me parece mais estrangeiro do que qualquer província de exílio. Não há a menor razão para ficar nestas plagas. Posso seguir no prumo da Ilha do Diabo, na Guiana Francesa, não muito longe daqui.

Perfeito. Ilha do Diabo é o destino, como um Papillon às avessas, Île du Diable, melhor castigo, lá poderei ouvir as vozes dos desalmados que teimam em não deixar a prisão, mesmo que não existam mais grades nem paredes no local, me prenderei também às ruínas.

49º minuto

Pênalti. Meu zagueiro quase assassina o atacante adversário. Justíssimo, seu juiz. Por mais que esteja desolado, reajo bem diante das penalidades máximas, é o único momento em que o goleiro perde qualquer temor sobre a existência.

Prefiro um pênalti a uma falta fatal na entrada da área pronta para a glória de um bom chutador de perna esquerda.

Rezo por uma penalidade máxima. Defendi setenta e cinco até agora, a metade do meu suposto pai Yashin – posso rir um pouco mais dessa comédia materna?

Cheguei a pegar duas penalidades em uma só partida, pelo campeonato espanhol, contra o Betis, no clássico da Andaluzia.

Nunca entendi o título do livro daquele escritor austríaco: o medo do goleiro diante do pênalti. Só vi o filme.

Mesmo o guarda-metas não sendo um profissional, não faz o menor sentido. Rezo por uma penalidade máxima. O importante é entrar na mente do cobrador neste momento e acertar o canto em que a bola vem. Chego a um metro de distância do batedor e olho nos seus olhos. Não sou do tipo que provoca, que amedronta, que xinga. Miro seus olhos em silêncio, como um feiticeiro.

50º minuto

Perturba-me ser vencido pelo tempo, nunca percebi o passatempo. O relógio marrrrca cinco minutos da segunda etapa, cinquenta, cinquentinha na soma geral da partida, Zerão, Macapá, meio do mundo, Brasil... Correu Marabaixo, pé esquerdo na bola, defeeende o goleiro Yuri, Yuri Cantagalo, em uma defesaça para salvar o Clube Náutico Capibaribe. Que pancada, que reflexo...

Dá licença, caríssimo Dáblio Dáblio, e pensar que o internacional Yuri Cantagalo está à beira dos quarenta anos, mas com a agilidade de homem-borracha em plena forma física. Foi buscar no cantinho, chute forte, fogo-fátuo sobre a grama, uma defesa digna de um Yashin, um Dasaev, um Buffon, um Van der Sar, um Oliver Kahn, um Rodolfo Rodríguez, um Cejas, um Ubaldo Fillol... A propósito, amigo ouvinte da rádio Mauritsstadt, o maior pegador de penalidades máximas de todos os tempos é o russo Lev Ivanovich Yashin, pelo Dínamo de Moscou e pela Seleção da URSS, nada mais, nada menos que cento e cinquenta cobranças, que monstro o Aranha Negra.

Alto lá, amigo Tirésias, não citaste um só brasileiro nessa lista dos maiores da história, é isso mesmo?

Foi só para provocar o patriotismo do compadre, calma, digníssimo Dáblio Dáblio, aí já ponho de cara um Barbosa, um

Manga, um Ubirajara, um Neneca, um Gylmar, um Lessa, um Castilho, um Marcos, um Rogério Ceni, um Dida, um Taffarel...

51º minuto

O filho carioca do Aranha Negra, o filho brasileiro do Yashin, a extraordinária história do filho abandonado por Yashin no morro do Cantagalo, o inacreditável fruto de um tórrido caso de amor entre o mitológico Yashin e uma lavadeira de roupa em Copacabana, a baiana de Cachoeira – terra dos Orixás – que enfeitiçou o maior goleiro de todos os tempos no verão de 1965 na cidade do Rio de Janeiro... Procurado pela nossa reportagem, o também goleiro Yuri não quis falar sobre o assunto.

Fontes ligadas a Yuri Yashin, como podemos chamá-lo depois desse furo jornalístico, informaram que o atleta está muito abalado e reflexivo diante da notícia mais inesperada da sua carreira.

Deliro com as manchetes nas capas dos jornais e revistas, as chamadas na TV e no rádio. Finalmente descoberto o que o Aranha Negra aprontou na sua curta temporada de férias no Rio de Janeiro. Essa nem a KGB, o serviço secreto do governo da ex--URSS, sabia, pasmem, senhoras e senhores.

[...]

O doutor Magé vendeu essa notícia extraordinária para alguém. Imagino as faces balofas e coradas do picareta. O atravessador de boleiros é bom nisso. Excelente. Quando eu tinha quinze anos, ele plantou na imprensa carioca que havia interesse de vários clubes italianos no meu passe. "*Il portiere, il portiere, il portiere*, dona Deolinda", lembro-me do canalha iludindo a minha ingênua mãezinha.

E se eu assumisse de vez a lenda do filho do Yashin? Seria uma bela sacanagem com o pilantra que criou essa lorota. Tenho todo o direito: as datas batem, as coincidências me favorecem, por que não adotar a tardia paternidade caucasiana?

(Minha gargalhada assombra o gandula atrás do gol.)

Sim, sou mesmo filho do Aranha Negra, e daí? Reinventaria a trajetória, teria assunto para matar o tédio depois de pendurar as chuteiras. Estaria preparado para a segunda vida, a vida longe das traves. Os relatos de ex-atletas sobre essa fase são cruéis, não esqueço. Sobretudo para os ex-jogadores sem plano profissional para preencher o tempo livre.

Só a alucinação para me levar a risadas em plena situação de desespero. O gandula-xamã estranha. *De que ri este homem doente?*, deve ter pensado. Ainda não viu na sua mente decifradora de enigmas a minha bipolaridade.

52º minuto

Consulte as putas.

Na tentativa de sair da sombra da Sevilhana, me vem à cabeça uma máxima do Cerrone, colega *portero* do Gimnasia y Esgrima da Argentina: "*Compay*, se você não tiver nada melhor que fazer e os problemas estiverem te matando, consulte as putas". Muito simples. Em outra fase da vida, seguiria o conselho do Cerrone sem rodeios.

Cerrone era o cara admirado por atletas de todo o universo. Não que fizesse parte do elenco dos *bad boys* mais folclóricos. Não, não, tentavam caricaturá-lo como maldito, mas, na verdade, se tratava de um sábio, um oráculo.

Quem me apresentou ao Cerreno – ele estava em férias na Espanha – foi o ponta chileno Acevedo, jogador do Barcelona, que me fez conhecer o meio-campista catalão Herrera, que, por sua vez, me levou à amizade com o Buba, atacante do Congo que foi campeão de tudo e artilheiro pelo Barça.

O encontro, em um bar de hotel nas Ramblas, se tornou uma bebedeira mística quando o Buba começou a explicar um ritual de magia que levou ao sucesso o time dos culés, em que jogara na companhia de Acevedo e Herrera.

Buba tirava um pouco de sangue do braço de cada um antes das partidas, com uma navalha, se trancava em um banheiro e dali se escreviam histórias de troféus e atuações fantásticas. Pena que eu não compreendi por inteiro o que o Buba falou naquela mesa farta, mesmo com o auxílio na tradução do Bolaño, o amável garçom e poeta que nos servia e levitava no ambiente.

O ritual do Buba. Tento desesperadamente lembrar o que se dava depois da retirada do sangue dos atletas. Um pouco de sangue em uma cumbuca... Não recordo o que encerrava a mandinga. Tampouco me salvaria em algum momento. Não há ritual, por mais crédulo que seja o sujeito, capaz de amparar um *portero*. A reza só funciona do meio-campo em diante. Aqui na área, só angústia.

Todavia foi linda aquela noite, *gracias* ao Bolaño, eternamente grato. Como seria capaz de compreender as coisas sem o cara?

53º minuto

Lembro o justo momento em que virei um goleiro para sempre, caso sem volta. Não foi durante os primeiros jogos de moleque nas encostas do morro do Cantagalo ou nas peladas iniciais na areia da praia. Tornei-me definitivamente goleiro ao ver a reação do Andrada ao tomar o milésimo gol do Pelé. Ele fica revoltado, estapeia a grama, vê o Pelé apanhando a bola no fundo da rede do Maracanã, aquela babação toda dos súditos da imprensa. Vasco um, Santos dois. Mesmo sendo em uma penalidade máxima, o goleiro do Vasco não queria ficar marcado por aquele momento. Quase pega a pelota que entrou no canto esquerdo, quase, a impressão é que ainda resvala a ponta dos dedos na redonda. Vi aquela imagem quando tinha uns cinco anos, na matinê do cinema, no futebol do Canal 100 que passava antes dos filmes.

A primeira camisa de goleiro que vesti foi a do Andrada, o argentino Andrada, lenda de São Januário. Peguei em uma das tantas trouxas de roupas que a minha mãe lavaria naquela tarde. A camisa encobriu os meus pés, um vestidão, me postei de mãos e braços abertos na sala, como quem esperava a cobrança de Pelé.

O rei ajeita a bola na marca de cal e se distancia. Vou lá e mudo a posição da bola, somente para enervá-lo. O 10 do Santos fica de costas para a bola, olhando os seus companheiros de clube, vira, caminha, achei que ia dar uma paradinha – sua marca sacana. Não foi o caso. Vou lá, me adianto um pouco e toco a bola com a ponta dos dedos, evitando o milésimo gol. Estrago a festa que estava preparada de véspera. O Maraca grita o meu nome, Pelé me cumprimenta, minha mãe entra em casa, arranca a camisa do meu corpo e leva ao tanque de roupa suja, as camisas de futebol que dona Deolinda lavava no tanque talvez sejam culpadas pela minha escolha de jogar debaixo dessas traves até agora.

54º minuto

Ninguém morre de amor nos trópicos, Sevilhana?
Queria que você visse o estado das coisas neste momento. Eis a encruzilhada do absurdo, na linha que divide os hemisférios. O anjo da latitude zero não apareceu em socorro. De bicho de asas, apenas a coruja que habita esta trave eternamente.

Talvez seja um belo momento para me despedir, trago uma razoável quantidade de psicotrópicos na mochila, simulo uma contusão, deixo o campo antes do fim do jogo, desço ao túnel, tomo umas duas cartelas de comprimidos, largo o estádio e sigo, trôpego, até a beira do rio Amazonas.

Bom plano. Só há uma questão filosófica importante, avisou o arqueiro argelino, meu guia: tirar a própria vida quando nada mais fizer sentido. Um magistral desfecho para o filho de Yashin, mãe, não acha? Cadê o pai desconhecido ou inventado nessa hora?

Te conheço, Sevilhana, dirás que não se trata de amor: não debite na conta do amor. O nome disso é desalento, vazio existencial etc.

Agora escuto bem a tua voz: não confunda o desespero do fim de carreira com o nosso romance. O desamparo vem do berço, insistirias, apenas descobriste quão absurda é a existência e não estás segurando a onda.

Ela passaria na minha cara, desmontando o meu rosário de clichês.

55º minuto

Procurá-La nas cadeiras e arquibancadas dos estádios sempre foi uma coisa natural. A Sevilhana fazia questão de se misturar à massa. Não gostava de camarotes ou lugares privilegiados por ser a mulher do goleiro fulano de tal. Odiava esse socialzinho. Ela achava sexy se misturar aos torcedores comuns. E não apenas nas pelejas de Sevilha ou Madri. No Recife, repetiu a prática, nos estádios dos Aflitos, Ilha do Retiro e Arruda.

Era o nosso "onde está Wally". Quando descobria o seu paradeiro nas arquibancadas, eu fazia um gesto em campo que só Ela entendia. Um gesto à Manolete, o grande toureiro, algo assim, uma bobeira da nossa linguagem amorosa. Dramatizava com um imaginário pano vermelho do toureiro nas mãos.

Hoje, em quase todos os minutos, localizei a Sevilhana nas cadeiras do Zerão. Fiz o Manolete em uma versão deprimida, mais para um palhaço triste do que para um toureiro. Talvez um Chaplin perdido na linha do Equador; o importante era repetir o gesto. Eu juro que acabei de vê-la acariciando o vira-lata preto e branco, o vira-lata mais esquelético que vi no mundo, o vira-lata que sigo com o olhar desde que subi para o campo.

Ela amava acariciar os *perros callejeros* e alimentá-los com vísceras. Mania que trazia da infância na província de Albacete.

56º minuto

O zero a zero mais longo da história da humanidade. Acho que se jogássemos até o apocalipse ninguém alteraria o placar dessa partida. Não que eu não tenha tomado vários sustos, com direito a defesa de pênalti.

Aqui o vento é diferente do hemisfério norte e não escuto as narrações e os comentaristas das emissoras de rádio. A voz de Walter Wanderley, o Dáblio Dáblio, me chega falhada, em fragmentos. Os comentários de Tirésias se tornaram indecifráveis.

Sinto falta das citações de ficção científica de Dáblio Dáblio – "não está morto o que eternamente jaz inanimado, e em estranhas realidades até a morte pode morrer" – e da filosofia de Tirésias: "Com todo o respeito, estamos diante de uma obra-prima em matéria de pelada, a quintessência do jogo que maltrata os olhos e o juízo das pobres testemunhas oculares dessa história".

Que figura, esse Tirésias Cavalcanti. Ele deve ter abandonado a cabine a essa hora, por causa do tédio do jogo. Neste exato instante, equilibra um ovo em pé no monumento do Marco Zero, vizinho aqui do estádio. Tentei hoje pela manhã a mesma façanha. Não consegui, mas é um clássico do turismo local – o ovo ficaria equilibrado na linha imaginária do Equador.

Os físicos desmentem. Eu vi o ovo em pé, juro. Quase o meu time inteiro conseguiu e filmou. Sim, é possível.

"Apesar de alguns especialistas garantirem que não existe uma lei física que justifique o equilíbrio do ovo neste local exato, outros dizem que o fenômeno acontece graças à força de Coriolis, que existe por conta da rotação da Terra", havia lido isso em um folheto turístico que recebi no aeroporto. Vai saber que diabos venha a ser a tal força de Coriolis.

Quando pendurar as chuteiras, estudarei essa força. Careço de um projeto para dar sentido aos meus dias sem trabalho.

"Não há mistério algum", parece me soprar o gandula-xamã. Somente ele saca a minha confusão mental. "Trata-se de uma famosa força fictícia", diz.

57º minuto

"De tanto se ver na água o amante do espelho vira peixe para anzol de pescador", segue o gandula-xamã, certamente do povo Oawqui.

"Pescador?", rebato no susto.

"O jogo é maior que cada um de nós."

O jogo...

"Aqui a medida do dia e da noite guarda mais mistérios do sol e da sombra", insiste o gandula.

Estaria falando do equinócio da linha imaginária que divide a Terra?

"Sim e não", diz e me devolve a bola, a bola volta pesada de tantos mistérios. Alguns gomos estouram a costura.

Ele, só ele, o gandula-xamã, sabe o que se passará daqui em diante.

"A coruja da trave há de fazer cocô no caos", ele ri, iluminado. "Demarcar território é o que conta."

No susto, protejo a cabeça.

O gandula-xamã me faz viajar em outra dimensão, desligo por alguns minutos das maquinações do ego. É quase um milagre. Ao final desse embate, seguirei o rumo que ele apontar, bem melhor que qualquer ideia própria.

58º minuto

Como se rondasse o campo, o fantasma da Sevilhana não dá sossego no hemisfério sul.

Não me vem tirar essa onda de Robinson Crusoé perdido no Equador, Ela diz. E humilha: Esse teu fado na latitude zero não convence vivalma.

Agora parece tomar o microfone de um repórter de campo, transmitindo um recado a todos os torcedores: não caiam no truque do guarda-redes, não há solidão se é ofício, se é escolha, não há solidão sob plateia, o nome dessa arte é teatro, a grande área não é a ilha do Desespero.

Tenta, assim, diminuir a minha ideia do goleiro como representante máximo da solitude.

A menos que tenha perdido o que restou da memória, jamais usei tal imagem de Crusoé em comparações com a minha labuta. Ora, o Crusoé guarda a esperança de um resgate, um barco ao longe, a miragem de quem acredita. Não é o caso deste goleiro em fim de carreira.

59º minuto

Matar o juiz da partida. Só para testemunhar a queda. Bate vontade tão estúpida quanto valiosa. Como se isso salvasse minha pele. O sr. árbitro nada me roubou até agora. Eliminá-lo pelo que representa. Tirar as luvas e esganá-lo, para deixar digitais na cena do crime. De que adianta ser um criminoso oculto? Sem essa de ficar remoendo a culpa e depois se entregar na delegacia mais próxima. Prefiro um crime com testemunhas e flagrante delito. Chegar com as mãos ainda trêmulas na cadeia. Seria o melhor a ser feito. Nem esperaria o fim de carreira. Enforcar um juiz seria a salvação. Não teria que perder tempo organizando a falta de sentido depois de deixar os campos. A condição de prisioneiro cairia bem para a segunda etapa da vida. Sem passar pelo ridículo de encontrar uma outra ocupação fora do gol. Não sou vocacionado para qualquer outra atividade, me sentiria um idiota como comentarista de rádio e TV. Julgar outro goleiro? Estou fora. Não basta o infortúnio natural de quem escolheu este ofício? Cresce a vontade de enforcar o juiz e resolver o futuro. Cumprir pena. Foi uma inesperada vontade maior, direi no tribunal. O sangue pediu, meritíssimo. Não foi apenas o tédio selvagem da partida e o desespero das últimas ocorrências da minha desafortunada trajetória. Não há nem sequer como culpar o sol. O calor da estufa equatorial estava ali, mas não me animou para crime algum, meritíssimo. A fúria ardeu nas mãos como na cerimônia das formigas tocandiras para o jovem que atravessa, na aldeia, a linha de sombra para a vida adulta. O assassinato quase como um crescimento sobrenatural de braços e mãos em direção ao pescoço da vítima perfeita. Enforquei o dono das regras do jogo, mas sem me vingar do mundo. Seja firme, meritíssimo, na aplicação da pena. Nada mais foi dito nem perguntado.

60º minuto

A Sevilhana me visitaria na colônia penal de Oiapoque, chegaria depois que eu já a houvesse dada por morta e enterrada.

Visita para o senhor Yuri Cantagalo, o goleiro.

De longe, mesmo com o barulho dos pássaros (a cantoria do fim-fim-grande, a cigana e o suiriri), ouvi as suas botas, as pisadas firmes – aprendi a saber o seu estado de espírito pelo barulho dos seus passos. Agora sinto que deseja apenas provar que está viva e longe de mim. Não pretende falar sobre amor nos trópicos, mesmo na fronteira entre o Brasil e a Guiana Francesa. Suas botas cor de vinho desgastadas pelos meus dentes – se me arrisco aos pés dos goleadores, por que não no precipício da minha Carmen?

Ela passa ao largo da cela.

Escuta o suiriri, escuta, aconselho, chamo a atenção da visitante.

Talvez só esteja aqui por causa do canto do suiriri, Ela diz, convicta, sem mirar o meu rosto.

Tyrannus melancholicus, explico, com uma certa arrogância científica de observador de pássaros tristes.

Só partirei depois que ouvir "o pássaro que não é pássaro", promete a Sevilhana.

O uirapuru é canto raro e talvez não cante mais este ano. Sinal de que a terei muito tempo ao meu lado, sonho.

61º minuto

Os homens se matam lá no meio do campo como na guerra primitiva. O temporal amazônico do fim da tarde encobre tudo. Nada vejo, apenas escuto os ganidos do vira-lata e me lembro do colega de ofício Sam Bartram, no Stamford Bridge, *goalkeeper* do Charlton Athletic, em uma partida contra o Chelsea, no dia de Natal de 1937, sob uma neblina que encobriu não somente o estádio, mas toda a cidade de Londres.

A partida foi paralisada aos quinze minutos do segundo tempo, um a um no placar. Os atletas, o juiz, os bandeirinhas, os gandulas e os repórteres se retiraram do gramado. A torcida também havia ido embora para as ruas. Sam ficou no seu mundo, esquecido debaixo do gol por uns dezesseis minutos, dezesseis minutos e trinta segundos, precisamente.

Um guarda fazia a inspeção final no estádio do Chelsea e encontrou Sam. Ele tentava se aquecer, na marca do pênalti. Imaginou que os companheiros de Charlton estivessem massacrando o adversário no ataque, sem dar chance ao contragolpe.

"Cada vez eu via menos e menos os jogadores. Tinha certeza de que dominávamos a partida, mas me parece óbvio que não havíamos feito um gol, porque meus companheiros teriam voltado para as suas posições de defesa e eu teria visto alguns deles. Também não escutei os gritos de comemoração", contou o *goalkeeper*.

62º minuto

Sonso, à espreita, o professor me fitava no banho. Chegava muito próximo, respingos de água no seu rosto, o professor puxava aquelas gotículas do canto dos lábios com a língua, e ao mesmo tempo contava histórias e truques de grandes goleiros com quem havia trabalhado. O professor se aproximava, os óculos fundo de garrafa pareciam um para-brisa na tempestade.

"Vou te ensinar a técnica do Andrada, tremendo guarda-metas argentino, ele marcava o campo com pequenos tufos de algodão para ter o melhor posicionamento possível ao sair do gol e não deixar ângulo para o atacante..."

Ouvia a respiração de ex-asmático do professor, um som de assovio no cano do chuveiro, duas ou três baratas voadoras nos ares. Calor dos infernos.

O professor exigia que eu ficasse depois do treino para ensaiar jogadas específicas e cobranças de falta e penalidades. Ele montava a desumana barreira de bonecos de lata e flandre, me posicionava e batia na bola com efeito, lá onde a coruja dorme, no ângulo. No canto esquerdo, no canto direito, no alto, rasteira, com malícia ou com uma pancada potente na bola. Somente quando eu estava com o esqueleto quebrado e resto de terra cobrindo os olhos, o professor apitava o fim do treino extra do pupilo.

Na boca do túnel, o professor media meu corpo sujo e suado dos pés à cabeça. Sob a desculpa de comemorar a performance do treino – "Excelente, superior, magnífico!" –, forçava um abraço grudento.

Seu lugar é a Europa, anunciava, em um elogio para deter minha irritação. Descíamos os vinte e um degraus do túnel. Agora a massagem. Cuido como se fosse meu filho, relaxa, ele sussurrava. Massagem nas coxas com evoluções especiais na musculatura, o professor dizia, e abocanhava meu pênis. Os morcegos chegavam em voos rasantes, jamais esquecerei esse barulho. Anoitecia no subúrbio carioca.

63º minuto

Tudo cabe nas divagações entre um perigo de gol e outro. Divagações não seria o termo. Memórias embaralhadas sob a pressão da falta que Ela faz. Pensando bem, nunca havia perdido algo significativo, mesmo com derrotas épicas no futebol – esse é o tipo de lembrança que fica mais reservada aos torcedores fanáticos.

Lágrimas de futebolistas não alteram o nível do Tejo ou do rio Amazonas.

A falta é uma novidade no meu mundo. Nem da minha mãe senti a ausência quando deixei o Brasil. De certa maneira estava preparado, e os olhos testemunhavam tantas surpresas lá fora que não me restava margem para o banzo.

Nem o Rio, na sua onda de cidade maravilhosa, existia na minha cabeça. Era do Cantagalo para o treino e do treino para o Cantagalo. Os sonhos no trem e no ônibus – nas raras vezes que conseguia assento livre – talvez sejam a experiência mais significativa daquele período. Eram sonhos bestas, nada épicos, recortes de cenas no bairro, pipas coloridas do morro, passagens rotineiras da escola.

Somente uma vez tive um pesadelo. Gritei. Mesmo o grito saindo abafado, despertou risos e piadinhas em todo o busão. Era o treinador fincando os caninos no meu pescoço como em um filme de vampiros.

64º minuto

O mestre, o professor, o treinador de goleiros. Acabei aceitando tudo de forma resignada. Jamais seria titular sem a sua recomendação. Na primeira vez, ele bateu na porta do meu quarto, no alojamento, por volta da meia-noite. Trouxe um baralho e colocou no videocassete um filme pornô. Sabia que eu estava sozinho – meu colega habitual de concentração havia sido limado de última hora da lista de relacionados para o jogo. Nada disse. Cortou o baralho. Apertou o play.

"Olha que gostosa", disse. "Isso, mete com força", babou, com os óculos fundo de garrafa quase colados à televisão. "Acaba com ela", comentou o sexo anal enquanto embaralhava suas cartas, naturalmente.

Assim narrou durante uns vinte minutos da fita, quando começou a tocar na minha perna e, sem maiores delicadezas, pegou firme no meu pau. Não esqueço que foi durante uma cena de dupla penetração na TV que o professor abaixou o meu moletom cinza e começou a me chupar, sem menor sutileza, nervoso.

"Esse é o meu titular, do jeito que eu gosto", dizia. "Reserva nunca mais, pelo menos enquanto eu mandar nesse clube", afirmava, ofegante, mordendo.

Em mais uma cena de anal, ele se pôs de quatro na cama. "Mete como no filme, mete, vem, meu goleiro..."

65º minuto

Nem deu tempo de me refazer do acontecimento, tive que transar com o diretor técnico das categorias de base do time. Pressionou ao dizer que sabia da minha "aventura" com o colega de clube. "Aventurazinha", ressaltou, para dar leveza à situação.

Com esse cartola, foi diferente. Na véspera de um jogo, ele me levou para uma festinha em uma boate da Barra da Tijuca. Acabamos em seu apartamento, com duas garotas de programa. Elas me excitavam e ele se masturbava. Tudo muito direto e objetivo.

Pela primeira vez cheirei cocaína e enchi a cara de uísque.

Ele me pediu para que eu sufocasse o seu pescoço enquanto o penetrava.

Com o tempo fui percebendo que fazia parte da rotina da garotada em muitos times. "Aventurazinha."

Quer subir na profissão? Ora, o que custa? Silêncio total sobre o assunto. Jogo que segue.

Somente nos últimos dois anos, algumas imagens antigas desses encontros sexuais começaram a me inquietar de certa maneira. Tento apagá-las. Sem êxito. Retornam de forma mais embaraçosa e me despertam algum tipo de ódio. Seria capaz de enforcar esses caras, um a um, pelo menos os quatro mais escrotos. Quatro não, três. Um deles morreu de câncer nos testículos. A justiça divina é irônica. Foi a primeira morte que comemorei na vida, com um soco no ar, como se fosse um gol. Nada pude fazer contra meu impulso.

66º minuto

Não apostava no lema católico do até que a morte vos separe. Nem casados na igreja éramos, embora tivéssemos, em certa noite de bebedeira, adentrado a Catedral de Sevilha como se fôssemos noivos. Fizeste todo o teatro em direção ao altar, teu pai invisível ao lado, solene.

Bebeste mais um gole na garrafa do tinto. Eu falei como dublê do padre:

"Sevilhana, aceitas como teu legítimo esposo Yuri Cantagalo?".

Tu falaste: "Se há alguém contra ou diga agora ou cale-se para sempre, *hijo de puta madre*".

Um maldito eco tomou conta do recinto: "Não atravessem o Atlântico".

[...]

A bola desliza na poça. Escorrego, mas ainda consigo tirar do gol com o bico da chuteira. O zagueiro ri de nervoso. Meus olhos estão cobertos de lama. A tempestade fez um pântano até a meia-lua da área.

67º minuto

Até que a morte vos separe. Fora aquela encenação bêbada na catedral, nunca passou pela minha cabeça uma possível longevidade amorosa. Achei que teríamos um pouco mais de chão pela frente, mas não tanto.

Entre a vida em Sevilha e a temporada no Recife, completamos um ano e sete meses.

Ela sempre foi cuidadosa em deixar pistas de que não iríamos muito longe. Bastava ter levado em conta o que dissera sobre seus ex e suas ex.

Não soube captar esses sinais. Se bem que a minha condição de fanático jamais permitiria que enxergasse algo pelo caminho. Estava mais perdido do que o Sam Bartram sob a neblina do estádio em Londres.

"No amor todos somos mais ou menos bipolares", dizia a Sevilhana. "Às vezes basta o sol da ressaca para incandescer a vista ou a essência."

Eu só percebia a beleza enigmática das frases e caminhava para o abismo. Nada me deteria. Estava completamente dominado pelo feitiço.

[...]

Faço uma defesa à queima-roupa, no abafa, e novamente sintonizo no vento a voz de Tirésias. Sempre um conforto ouvi-lo. Dáblio Dáblio dissera que todo grande goleiro carecia também de sorte, no que o comentarista discordou: "Isso é conhecimento da linguagem do jogo, nada mais que isso. Yuri Cantagalo leu, de forma antecipada, o que aconteceria. Desde o lançamento até o chute, de perna esquerda, do centroavante. É como se tudo já estivesse escrito nas tábuas sagradas". Tirésias salva essa partida com seus comentários.

68º minuto

Nos raros minutos de desmaio no avião que nos trouxe para este jogo, sonhei que estávamos em uma jangada, pescaria de peixe-agulha. Ela iluminava as águas com fachos de luz. Uma ventania, mesmo leve, nos fez perder o controle. Descemos até o casco de uma sucata de navio espanhol perdido na costa brasileira.
[...]
Bola no ângulo direito da trave. Grasna a coruja. O mundo estremece. Caio meio zonzo sobre a terra onde não nasce grama.
Não se morre de amor nos trópicos, é tanta luminosidade, as cores estouram nas retinas, em fractais, o amor aqui no máximo leva à cegueira... Não se morre de amor nos trópicos, escuto a sentença da Sevilhana em looping, devo ter batido a cabeça no travessão, levanto ainda grogue, escuto também por um segundo a voz de Tirésias, mas como se o Tirésias falasse em rotação alterada: "Afirmo que és tu o culpado que tu mesmo procuras".

69º minuto

Bate um desnorte. O líquido gelado do esmorecimento corre nas veias. Grito por mãe, útero, placenta... Talvez seja tempo de conhecer melhor dona Deolinda. O que sei dessa mulher? Quase nada. Por que saiu da Bahia tão menina? Será que teve outro homem depois do "pai desconhecido"?

Quase nada sei sobre ela, nunca nem sequer tive curiosidade. Deolinda pouco me falou, além de dois, três conselhos sobre os perigos das más companhias. Ela me criou mais com os olhos do que com palavras. Pelo jeito de me espiar, sabia tudo que queria dizer.

Vem cá, tem alguma lembrança dos terreiros de Cachoeira ou foi convertida em evangélica?

Está aí um projeto para me ocupar depois desta despedida dos campos. Conhecer a minha própria mãe talvez seja o melhor alento. Conhecê-la antes que ela fique totalmente esquecida. Não anda bem de memória.

Quero saber de ti, mãe, não do palhaço fujão que te deixou sozinha enquanto eu ainda chutava na barriga.

70º minuto

A Sevilhana não partiu grávida, por mais que eu tenha criado essa possibilidade como ilusão de um futuro encontro. Ela foi embora. Pronto. Não suportaria um aposentado precoce aos quarenta, sem projeto algum, coçando o saco, despido inclusive do charme existencialista de ser um goleiro, o que a atraíra no princípio de nosso enlace.

Existencialista uma ova. Não caio no conto dos enfezados franceses. Absurdista é a melhor definição para essa bagaça toda. A um goleiro não basta o existencialismo. O existencialismo e sua melancolia boçal metida a chique. Estamos além, no terreno baldio do absurdo.

[...]

As duas mortes de um atleta. A definitiva é a de menos, sem drama, enterra o defunto e adeus. O que pesa é este fim de agora, o "aqui jaz" do encerramento da carreira.

A cronofobia enerva o juízo. O relógio marrrrca. Ainda bem que a voz do narrador do rádio desapareceu de novo com a ventania.

Estivesse livre do desassossego sevilhano, aquietaria a alma, viajaria para algum destino de turismo espiritual, onde faria uma cerimônia de passagem para a segunda jornada, a vida depois do futebol.

Quem sabe uma temporada na Índia, no Tibete ou o estirão do caminho de Santiago. Abraçaria um projeto místico e daria leveza ao meu mundo.

Não é o caso. Não faço a menor ideia do que farei na tal segunda vida, além de procurar conhecer melhor aquela que me trouxe ao planeta.

Tenho algum dinheiro que segura a onda por bons anos, mas suportarei o tédio de eterno turista?

Voltar a morar em Sevilha? Pelo menos viveria entre o assombro e a esperança de encontrá-La ao dobrar a esquina ou em um passeio nos Jardines de los Reales Alcazares. E teria os conselhos de Mr. Planck, meu garçom predileto do El Refúgio. Serei obrigado a reconhecer que Mr. Planck estava certíssimo no seu alerta para que não atravessássemos o Atlântico.

71º minuto

Pensando bem, melhor seria uma queda do avião na volta ao Recife. No meio da selva. Sem sobreviventes. Ela veria a notícia e talvez repassasse nosso relacionamento na memória, em câmera lenta. Talvez a Sevilhana, ao ler o obituário no *El País*, apenas se masturbasse, em ato contínuo e automático. Gesto típico da sua perversão de rotina. Seria, mesmo que aparentasse uma cena banal, a minha glória *post mortem*, sinal de que ainda era desejado. Vibro com essa possibilidade.
    Esquece. Melhor não confiar no acidente aéreo e ingerir mesmo os barbitúricos que trago na mochila. Depois de tomar os comprimidos, um mergulho no rio Amazonas. E deixar-me ir, à deriva, ser comido pelos peixes, jamais ter o corpo encontrado.
    [...]
    Os refletores do estádio piscam, algumas luzes se apagam, porém ainda temos condições de jogo. A pequena área vira pântano, tento me firmar no solo para mais uma cobrança de escanteio. Os trovões atrapalham a minha orientação aos zagueiros. Quase tomo um gol olímpico; a bola ainda ralou no travessão antes de se perder pela linha de fundo. Fingi que havia confiado em um frio golpe de vista. O Tirésias elogiou na cabine de rádio.

72º minuto

"Quem eu era, não sou mais. Quem eu sou, estou me tornando agora", diz o gandula-xamã ao me devolver a esférica.

Só ele me entende.

"Daime", sopra, quase em segredo, "o caminho para o seu desespero é a cerimônia do Santo Daime".

O juiz repreende o gandula-xamã, acredita que ele esteja atrasando o jogo para favorecer o time da casa. O zero a zero mais enfadonho da história do futebol universal – o gandula-xamã, todavia, parece que enxerga uma outra partida. Imune ao tédio, ele ri até com os chutões e balões dos zagueiros, como se visse a diversão dos espíritos.

Bato o tiro de meta e o gandula-xamã segue recitando sabedorias:

"Não despreze o mistério do homem em você sentindo pena de si mesmo ou tentando racionalizá-lo. Despreze a estupidez do homem em você, compreendendo-a. Mas não se desculpe por nenhum dos dois, ambos são necessários".

Como?

"O mestre don Juan Matus sabe o caminho", responde.

Fico mais perdido ainda, incapaz de decifrar qualquer mistério.

"Destrua os espelhos, leve seu ego para um terreiro do Daime", insiste.

Tento decifrar alguma coisa, não pesco nada, sigo boiando. "O mestre don Juan Matus sabe o caminho."

73º minuto

Foi em uma mostra do Chagall, se não me engano em Madri, que deparei com um quadro que passou a ser a minha ideia de gostar de alguém. Não entendo nada de pintura, mas aquela imagem está de volta. Com uma mudança que altera completamente o sentido: a mulher solta a mão do homem que a segurava e voa sobre o parque. No original, ela flutua, feliz, depois de um piquenique. Agora ela se afasta, mal posso vê-la no céu nublado, tampouco tenho a capacidade de voo para usufruir das mesmas alturas de outros tempos.

Quando vi o quadro do Chagall pela primeira vez, foi como se batesse uma luz. Entendi tudo, à beira dos meus trinta anos. O amor pode ter uma certa leveza. Isso me tirou da eterna defensiva que me acompanhava desde os primeiros rebuliços hormonais da adolescência. Fechar o gol era também se fechar contra a ideia de ser tomado por qualquer sentimento mais poroso.

[...]

Falta frontal na entrada da área. Organizo a barreira com cinco homens que estão mais preocupados em proteger os bagos do que em diminuir as chances do cobrador. O camisa 10 chuta de perna esquerda, a bola vai na trave, na forquilha direita, nem consigo esboçar qualquer gesto. Paralisado, escuto apenas o barulho do choque da pelota. Sorte. Não poderia fazer nada. Essa coisa de milagre não é mais comigo. Se tem uma coisa que sempre achei muito cafona está aí, essa de santificar o guarda-metas. Jamais caí nessa. Prefiro a demonização, é mais humana e não nos põe acomodados.

74º minuto

Daqui a dezesseis minutos darei fim à primeira vida, à vida dentro de campo, isso se fez certeza agora. Adeus, futebol, disso não há mais dúvidas. Chega. Aqui na linha divisória dos hemisférios, me despedirei, sem discurso, sem jogo festivo, sem cerimônia.

Ainda hesito sobre uma decisão mais arrojada. Tomarei os barbitúricos da mochila ou deixarei para depois? Adianta arrastar essa agonia? Se pelo menos eu fosse o tipo de afogado que ergue os braços para pedir socorro. Nunca esperneei por ajuda. O grito não sai, como uma tentativa de berro dentro de um pesadelo. Daqui a dezesseis minutos (e mais alguns de acréscimo), descerei silenciosamente para o vestiário.

A primeira vida está pelo apito final do árbitro do jogo, e a segunda ponho, desde então, em julgamento: vale a pena esticá-la tanto? Motivos não existem para entender que sim, milagres tampouco costumam acontecer durante a tempestade para que tudo isso mude de figura.

O que vivi com a Sevilhana não creio que se repita. Restaurar lua de mel é uma arte inviável, Ela dizia sobre outros casais. É mais fácil reconstruir, em todos os detalhes minúsculos, a catedral da Sagrada Família. Aquela ilusão de que poderia estar grávida, melhor também esquecer definitivamente. Não posso condicionar minhas decisões a essa promessa de um filho que neste momento daria chutes imaginários dentro de uma barriga a caminho de Espanha. Esquece.

75º minuto

O tempo está encurtando. Falta-me habilidade para o luto, talvez por ser a primeira perda que possa levar em conta. Não testemunhei a morte de ninguém na família, afinal, somos apenas dois, Deolinda e este goleiro que se despede. As dores de outros amores não perduraram além de algumas garrafas de vinho e meia dúzia de músicas tristes.

Perdi camaradas de infância, sim, mas já havia atravessado o Atlântico; toda semana minha mãe mandava notícias e alguns recortes do noticiário policial. Queria reforçar os seus sermões com aquelas mortes. Era como se dissesse, outra vez, para rebater minhas queixas sobre os treinamentos e a vida nos clubes do subúrbio: "É a melhor maneira de ficar vivo, é o seu futuro".

Cheguei a dedicar algumas vitórias do Benfica aos amigos perdidos no Brasil. Ninguém dava muita atenção – é diferente quando um atacante faz uma dedicatória de um gol, deixa eco nos estádios. Deixei de lembrá-los aos outros, apenas acendia uma vela, outra recomendação materna.

76º minuto

Esqueça o drama, seja frio e prático. Pode ter sido apenas um teste, para saber sua reação diante do abandono. Talvez Ela esteja imóvel naquela janela da rua da Aurora, ouvindo a música triste de sempre, com o gato Behemoth ronronando impropérios no colo.

Talvez Behemoth esteja solitário e faminto. Que tal pensar apenas em alimentá-lo e esquecer essas ideias suicidas? Seria uma bela prova de amor, não acha? Capaz de comovê-la – faça a notícia chegar até a Espanha, corra.

Mantenha os nervos no lugar, daqui a quatorze minutos a carreira estará subindo para as nuvens da memória, adeus, futebol, você terá todo o tempo do mundo para lamber a sua ruína. Segure só mais um pouco, dignidade até o apito final, profissionalismo, firmeza, o caminho é esse, o tempo evapora.

Isso, dá um esporro nos zagueiros, orienta o posicionamento do lateral que foi ao ataque e não voltou, roga uma praga ao cabeça de área que se perdeu na chuva amazônica, finge estar no jogo, atuante como se disputasse a posição nos primeiros anos de subúrbio carioca, berra, blasfema aos céus, luta contra os raios da tempestade, esperneia na lama da pequena área.

Alimentado e agradecido, Behemoth, quem sabe, pode revelar o destino e o pensamento da sua estimada dona. O segredo está com ele. Volta à morada o mais urgente possível.

77º minuto

"Contra tudo lutas/ Contra tudo falhas." A música do Xutos & Pontapés retorna à cabeça, junto com fiapos de voz de Tirésias, como se a fala do comentarista fosse *sampleada* na gravação.
[...]
"Pênalti!", berro, em um ato falho, talvez. Em busca do castigo, a penalidade máxima. O juiz não marca nada e finge que não ouviu meu grito neurótico – *vergonha alheia*, deve ter pensado. O lance é duvidoso para ele, mas no meu campo de visão é possível enxergar o toco do nosso zagueiro no pé do atacante do Trem.

Nada mal encerrar a carreira com mais um penal na lista de defesas inacreditáveis. Seria o septuagésimo sexto para as estatísticas. Essa vaidade de pegador de pênaltis segue me interessando, uma rara vaidade futebolística que levo até o último minuto. Nos sonhos futuros, depois do apito final de hoje à noite, sobrarão as penalidades, em câmera lenta.

78º minuto

"Não, não estou distante", Ela disse, sem que eu nada perguntasse, por volta das seis, a hora da ave-maria no rádio fanhoso do vizinho.

"Onde pensa estar?", perguntei, foi uma das nossas últimas conversas.

"Nos trópicos, meu bem, e chove", respondeu.

"É só uma nuvem carregada", arrisquei.

Ela colocou os fones de ouvido, não me senti mais com intimidade para perguntar nem sequer sobre a música que estaria escutando. Evitamos olhar nos olhos, Ela acendeu uma brasa de baseado que estava na caixa de fósforo sobre os tacos soltos da sala. Ninguém alcançou o interruptor da luz e tudo escureceu muito rápido.

Nem tentei dormir, não havia a menor chance. Ensaiei a noite toda enviar uma mensagem ao treinador e aos dirigentes do clube comunicando que não estaria em condições de participar desse jogo. Motivos pessoais, alegria, da maneira mais vaga possível.

79º minuto

Adiantei os beques ao adiantar a mim mesmo no campo. Mesmo assim o instinto de sobrevivência faz meu time recuar deveras nesse exato momento. Pego a bola mais difícil do jogo. Na cota da sorte extrema. Resvalou na cabeça do zagueiro, no ombro do atacante, bateu na trave, peguei no susto.

O atacante Marabaixo, cordial oponente, me cumprimentou pela defesa. Disse que era uma honra participar de uma partida comigo. Teria o que contar aos seus netos, brincou. Marabaixo me olhava com respeitosa admiração durante todos os minutos.

Não posso esquecer, no entanto, que ao final devo trocar a camisa com o goleiro deles, o Dalcídio, como havia prometido. Ele me lembrou de uma bola que defendi na chegada ao Benfica, em um clássico com o Porto, uma cabeçada do zagueiro Celso Gavião, cabeçada para o solo, muito parecida com o lance do Pelé que consagrou o Gordon Banks na Copa de 1970.

Dalcídio mexeu com a minha vaidade com essa lembrança. Ele merece a camisa do meu jogo derradeiro. No elogio do adversário, porém, tive a sensação de quem havia deixado de jogar, de ex-atleta que é parado nas ruas ou nos botequins por admiradores ou testemunhas dos seus bons momentos. Bem-vindo ao limbo, Yuri Cantagalo.

80º minuto

O que vem a ser o tempo? Ora, se ninguém me perguntar, juro que eu sei; mas não ouse me perguntar, amigo, porque aí não farei a menor ideia do que seja... O relógio marrrrca... Decorridos trinta e cinco minutos da segunda etapa, oitentinha no total do jogo, estádio Zerão, bem na linha em que a Terra se parte ao meio, e no placar ninguém mexeu com ninguém, tudo como no princípio, e no princípio era o verbo, e o verbo me lembra o gênio Tirésias, o comentarista que vê além.

Digníssimo Dáblio Dáblio, o amigo ouvinte que me desculpe, mas se soubesse que esta peleja seria este pandemônio, vou lhe contar, teria ficado ali no monumento da linha do Equador, tentando botar o ovo em pé, esse costume turístico local – e olhe que quase consigo –, porque de futebol mesmo, pelamô, não vi nada. Lastimável, uma suadeira inglória de vinte e dois homens perdidos no centro da Terra. Se soubesse, não teria saído do balneário do Curiaú, que tucunaré na brasa, Dáblio Dáblio, que cerveja gelada, que mergulho de rio...

81º minuto

Graças ao vento por ter soprado novamente em minha direção as palavras do Tirésias. A vantagem de atuar em estádios menores é ouvir locutores e profetas do rádio. Eles salvam as mais entediantes das jornadas.
[...]
"Agarre a vida", ouvi o berro nos ares e me virei para o gandula-xamã. Parecia coisa dele. Não era. Poderia ser a voz radiofônica. Tampouco, necas. Repetida e amplificada, a ordem se aproximava: "Agarre a vida". Um eco da floresta? Nem. O treinador com suas frases motivacionais também estava em silêncio na beira do campo, havia esgotado o estoque com este jogo ruim dos infernos.

Agarre o que restou dos escombros, emendei a minha própria autoajuda. Palhaçada. Não me permito essa lenga-lenga. Agarre uma corda e dê um bom laço de suicida. Sim, escolha uma bela árvore como testemunha. Seja um suicida clássico.

Calma, você é meio covarde para tal gesto, escolha a destruição lenta de uma droga lícita, o álcool é mesmo o melhor caminho para a vida depois da bola. O vício óbvio que corre nas suas veias, herança paterna. Seja por parte do desconhecido que está no registro de nascimento, seja da cota de vodca do célebre goleiro soviético.

O importante é não fantasiar um futuro edificante. Não que você tenha falhado em construí-lo. Foi assim, meu rapaz, e não será nos nove minutos restastes da partida que o anjo da gravidade zero descerá com resignação completa à cidade de Macapá. Aguente.

82º minuto

A falta. O juiz conta os passos regulamentares. Juro que o vi contando setecentos e trinta passos entre a bola e a barreira, os setecentos e trinta passos da culpa de Raskólnikov. Talvez fosse a distância a que avistei a Sevilhana pela última vez antes do seu desaparecimento. Não importa quem seja o culpado, sempre existirão setecentos e trinta metros entre um e o outro. O cobrador manda a bola longe da trave da coruja mocho-diabo. Ela voa para me encontrar, quem sabe, em um futuro próximo.

83º minuto

Chega o instante em que o céu troca de lugar com a terra. Um piloto de avião quando se aposenta fica perdido nas esquinas da sua cidade, trôpego, zonzo, quase zumbi à procura de nuvens em janelas subterrâneas, dificilmente consegue ajustar-se outra vez à pressão atmosférica, não aterrissa nem tampouco sobe ou arremete. Ouvi algo parecido – certa vez, ainda no meu auge – de um velho ex-comandante na tasca lisboeta O Cartaxinho, um ex-comandante contador de histórias e aficionado do Sport Clube Beira-Mar, o aurinegro aveirense. Devorava este arqueiro uma cabidela, ele comia um cozido.

O ex-comandante Gonçalo Manuel de Albuquerque Tavares dissertava sobre os segredos dos homens que param de voar e jamais descem dos ares.

Mesmo com uma vida inteira ao rés do chão, no maldito solo onde não nasce grama, sinto as mesmas sensações crepusculares do ex-comandante que existiu entre nuvens e nevoeiros.

[...]

Talvez essa tenha sido a bola mais difícil da minha vida. Um chute com efeito. Poderia também ser um gol de despedida, nada mais significa honra a essa altura dos céus inventados.

Sei que demorarei, trôpego, bêbado como um comandante que busca a terra impossível, para recuperar o equilíbrio, sentirei falta das turbulências provocadas pelos voos cegos e o bate-cabeças nos escanteios e nas bolas cruzadas.

Esta agora peguei no sobressalto, como tantas, não que estivesse descuidado, uma bola difícil como uma mulher que chega sob os sinos que dobram na hora do Ângelus em Sevilha.

Há uma lição de reflexos que a gente aprende logo cedo. Mais pelo ouvido do que pela vista. Os atacantes cantam o jogo o tempo todo. Eles pedem a bola por cima, por baixo, em óbvia desobediência a todo o ensaio dos treinadores. Os atacantes perigosos, porém, são aqueles que jogam em silêncio. São mortais, psicopatas.

84º minuto

O juiz anotará na súmula do jogo algo sobre a minha incapacidade existencial de atuar na partida. Tecnicamente não cabe esse tipo de registro, mas quem disse que esta minha descerimoniosa despedida é algo normal?

Ele sente que o odeio como autoridade porque consigo enxergar o quanto de culpa um juiz carrega. Um juiz está sempre em queda, rumo à mais ordinária decadência de um bar de renegados.

Sinto que o juiz pode fazer constar na súmula o diálogo que mantive com o gandula-xamã, a minha cara de doente e o quase desmaio na saída do primeiro tempo. "Era uma vez um homem que implorava pelo castigo", escreverá sobre o instante em que gritei pênalti, delatando minha própria defesa.

85º minuto

Imerso no futebol, mais precisamente na solidão do gol, perdi a festa do morro por toda a adolescência, resmunguei diante do baile e dos chamados para a fuzarca. Implacável retranca da disciplina. O desejo coalhou na cabeça.

As mulheres passavam como a paisagem do Rio vista da janela do trem e do ônibus.

Não te ilude com rabo de saia, filho, mira no teu futuro, advertia a mãe. Doutor Magé escalou uns olheiros para te seguir, filho, ele sabe o que faz, zela pelo teu passe, teu valor no futuro. Doutor Magé, o empresário canalha que me fez rodar por dezenas de clubes no Brasil e intermediou minha venda para o Benfica da maneira mais picareta possível.

Os treinadores eram mais diretos, digamos assim, nas advertências: Vacilou na chave de boceta, adeus, Europa, é no máximo Madureira e fim de parada; não vai bagunçar o coreto, moleque, te apruma, deixa o goró pra depois, num cai na tentação da caspa do capeta, te apruma e atravessa o Atlântico, depois a gente conversa, eles diziam nos treinos e preleções.

Assim cresci e fui embora, mal vivi a meninice no morro, no máximo soltei umas pipas e tomei uns piparotes dos mais velhacos. Fora a puta do inferninho da Paulo Prado, a Marlene, nada.

Recuso-me a relembrar o assédio sexual no subsolo futebolístico. Cafajestes, crápulas, pulhas, salafrários, meliantes, magarefes, cáfilas, bandidos, calhordas, ordinários, nulidades...

Para não dizer que olho o Brasil com indiferença total, essa corja me desperta os piores instintos. Seria capaz de assassiná-los com a frieza de um pistoleiro de aluguel. Tá aí, acabei de descobrir alguma razão para permanecer minimamente por estas plagas.

86º minuto

A luz dos refletores, em constantes ameaças sob o temporal, finalmente cumpriu sua promessa de blecaute. Apagão geral no estádio e nos arredores. A luz dos relâmpagos quase denuncia meu choro aos companheiros de clube. Tiro as luvas, limpo as lágrimas com a manga da camisa e disfarço ao fingir algum interesse na possível volta da iluminação.

Distanciado do bolo de jogadores, por um instante me sinto o próprio colega Sam Bartram, o *goalkeeper* esquecido no Stamford Bridge. Poderia muito bem fugir do campo agora que ninguém daria por minha falta. Nada mais apropriado para uma despedida melancólica perfeita.

Colado à trave esquerda, com as chuteiras metidas no pântano, desabo em um choro incontrolável. O gandula-xamã passa por mim em absoluto respeito.

87º minuto, 88º, 89º, 90º...

Tempo regulamentar esgotado. O juiz comunica aos capitães dos times uma espera de mais trinta minutos para declarar oficialmente o fim do jogo. O zero a zero mais longo da história da humanidade. O cronômetro do juiz está parado, não o relógio deste cronófobo em fim de carreira.

Aqui, onde nem a grama nasce, não escondo mais o choro da luz dos relâmpagos. Os pés parecem afundar em um terreno movediço. Talvez não haja mais tempo para a fuga. Não há nem sequer a companhia da narração do Dáblio Dáblio – o tempo que passa não passa depressa, o que passa depressa é o tempo que passou, o relógio marrrrca... – e as filosofias do Tirésias, o comentarista que vê além do jogo.

Será que o Tirésias, como o xará do adivinho cego de Tebas, seria capaz de ver futuro na minha segunda vida fora dos campos?

Desço ao subsolo no escuro, antes de qualquer risco de uma lâmpada acesa denunciar o meu estado. Tateio no caos e localizo a mochila, pego um punhado de comprimidos na mão direita. Famintos filhotes de gatos se enroscam nas minhas pernas em algazarra com os cadarços das chuteiras, quase me desequilibram – havia visto a ninhada no vestiário durante o intervalo do jogo.

Vou até a pia para engolir os barbitúricos, a torneira range sem água. Em um impulso, despejo todos os comprimidos no vaso sanitário e tento partir antes de qualquer sinal de luz ou da presença dos companheiros de time. Deixo o estádio por um portão lateral que enxergo graças ao celular aceso de um segurança. "Não é o fim nem o princípio do mundo, é apenas um pouco tarde", ainda diz o narrador da rádio no encerramento das transmissões deste começo de noite. Sob a tormenta, o ex-goleiro segue no escuro tentando se equilibrar na linha imaginária que divide a Terra.